별일은 없어요

오늘도 ,

오늘도, 별일은 없어요

신은영

알비

마음속 창고에 쌓인 이야기들을 하나씩 꺼내 글로 옮겼다.
먼지가 한가득 쌓인 이야기에 후후, 바람을 불어대는 일이
반복될수록 점점 마음 창고가 가벼워졌다. 그러다 마음 창
고에 햇살이 조금씩 스며들어와 습한 기운마저 말끔히 날려
버리자 비로소 삶이 경쾌해졌다.

이 책에 실린 글들은 나의 이야기이지만, 당신의 이야기이
기도 하다. 내가 느꼈던 감정을 당신이 느끼는 순간, 우린
그 감정에서 만나 서로를 위로하게 될 것이다.

만약 당신이 이렇게 말해준다면

"저도 그런 생각 했었어요."
"제 이야기와 비슷하네요."
"그 기분 알 것 같아요."

그럼 나는 이렇게 말해줄 것이다.

"당신의 마음 창고에도 먼지 쌓인 이야기가 많죠?"
"하나씩 꺼내 보겠어요?"
"제가 공감하고 위로해 줄게요."

부디 우리가 같은 감정에서 만나 서로를 토닥여주었으면 좋
겠다. 당신도 나도 '외로운 영혼들'이라 작은 토닥임도
큰 울림이 되어 빗장을 열게 할 것이라 믿는다. 그러니 우리
가 할 일은 그저 누군가의 등을 가볍게 토닥여주는 것이 아
닐까? 나의 글들이 당신의 등을 토닥여줄 수 있기를 간절히
기도한다.

당신을 기다리며
신은영

Contents

나의
이야기가
흐른다

큰언니는 스케치북 위에 4B연필을 살짝 기울인 채 나를 향해 팔을 쭉 뻗어 연필로 비율을 따져보고, 지우개로 박박 지워도 보고, 그래도 여의치 않자 혀를 끌끌 찼다.

"언니, 독수리오형제 언제 하지?"

작은 언니가 시계를 올려다보며 물었다.

"지금 독수리오형제가 중요해? 막내 넌! 언니가 움직이지 말라고 그랬지! 왜 이렇게 말을 안 들어!"

큰언니가 날카롭게 톡 쏘았다. 작은 언니는 입이 댓 발 나와서 가재미같은 눈으로 째려봤고, 나는 큰언니의 포로처럼 처량한 얼굴을 하고 울먹거렸다.

"엄마 시장에 다녀올게. 막내 잘 보고 있어! 다른데 정신 팔지 말고. 알았지?"

엄마가 큰언니에게 몇 번을 일렀다.

"알았어. 알았다고."

여전히 스케치북과 나를 번갈아 노려보던 큰언니는 건성으로 대답했다.

나는 가능한 불쌍해 보이려고 눈매를 아래로 바짝 당겨 엄마를 쳐다봤다. 포로 신세를 벗어나게 해달라는 구조 요청이었다.

"엄마 금방 다녀올게. 언니랑 있어. 우리 막내 착하지?"

또 한 번 울먹거리며 나는 고개를 주억거렸다. 그래도 행여나 엄마 마음이 바뀔까 싶어 엄마 등이 완전히 사라질 때까지 쳐다보았다.

"움직이지 말라고 그랬지!"

큰언니가 으르렁댔다. 나는 한숨을 쉬며 다시 얌전한 포로가 되었다.

"언니!!!!!!! 독수리오형제 시작했어!"

방금까지 일생일대의 대작을 완성해야 한다는 듯 나를 못살게 굴더니, 고작 '독수리오형제' 때문에 연필과 스케치북을 휙 내팽개치고 큰언니가 TV 앞으로 달려갔다. 독수리오형제 노래가 흘러나오자 언니들 엉덩이가 일제히 들썩였다.

나는 그제야 포로 신세를 면했단 걸 깨달았다. 문득 엄마를 찾으러 시장으로 가 볼까 하는 생각이 들었지만, 대문을 열고 나갈 용기가 나지 않아 고개를 저었다. 대신 뜨끈한 부뚜막으로 올라가 앉았다. 동그란 연탄 뚜껑이 보이길래 공중에 손을 살짝 올려보았다. 온기가 은은하게 전해졌다. 나는 자세를 고쳐잡고 손과 발을 연탄 뚜껑 위 공중에 비행기

처럼 지나가게 했다. 너무 가까이 가면 후끈 뜨거웠고, 너무
멀리 가면 쌩 온기가 사라졌다.

"악!!!!!!!!!"
어느새 시장에서 돌아온 엄마가 고함을 지르고 난리가 났
다. 설핏 잠에서 깬 나는 어리둥절해져 눈만 끔뻑였다. 다음
순간, 내 몸이 슈우웅! 날아올랐고, 나는 안도했다. 재밌는
비행기 놀이를 계속하고 있다고 생각해서였다.
"으아아아아아아앙!!!!"
마치 기다란 손톱을 바짝 세운 괴물이 내 발바닥을 세차게
긁고 지나간 느낌이었다. 엄마는 찬물에 내 발을 풍덩 담갔
다. 그리고 울어대는 나를 토닥이며 속삭였다.
"미안해. 엄마가 미안해…"
순간 나는 엄마가 손톱 긴 괴물인가 싶어 눈으로 엄마 손을
찾았다. 다행히 그건 아닌 것 같았다. 엄마 손톱은 짧았고,
배를 뒤집은 연탄 뚜껑이 사납게 날 노려보고 있었기 때문
이었다. 독수리오형제 덕분에 해방된 나는 온기에 취해 깜
빡 잠이 들었다. 짧은 꿈속에서 너무 더워 숨이 막혔고, 시
장 갔던 엄마가 돌아오면 숨통이 트일 거라 생각했다. 결국
내 기대처럼 엄마가 날 구해냈다. 비록 발바닥에 커다란 화
상 자국을 남기긴 했지만.

책 〈인생은 이상하게 흐른다〉에서 박연준 시인이 말했다.

본인 이마에 1센티 정도의 상처를 할머니가 어루만지는 느낌이 참 좋았다고. 할머니 손이 상처를 지나갈 때마다 일부러 더 불쌍하게 보이려고 입을 삐죽였던 기억도 난다고 했다. 그러면서 사랑에 관해 이렇게 말했다.

'나는 사랑받고 있다고 느꼈다. 사랑에는 언제나 한 방울의 연민이 포함되기 때문이다.'

시인의 할머니처럼 엄마도 자주 내 발바닥을 쓰다듬었다.

"그래도 이게 어디야. 계집애가 얼굴에라도 흉이 졌으면 어쩔 뻔했어. 그나마 발이니 다행이지. 어이구, 후! 후! 이 작은 발이 얼마나 뜨거웠을 거야. 그냥 시장에 데려갈걸. 같이 가자고 하는 걸 뿌리치지 말걸. 그럼 이 짠한 흉도 없었을 텐데…. 다 애미 잘못 만난 탓이지."

엄마 손이 발바닥을 쓸고 지나가면 사랑받고 있다는 걸 확신할 수 있었다. 그러다 엄마의 한탄 섞인 말을 들을 때면 엄마에게 나보다 소중한 사람은 없다고 생각했다. 독수리오형제에 푹 빠졌던 언니들과 오빠보다 발바닥에 흉이 진 막내가 훨씬 귀하다고 내게 속삭여주는 것만 같았다.

'이마 가운데 신의 장난감이 산다. 모든 흉터는 내 안에서 신이 될 수 있다.'

이마에 신의 장난감이 산다는 시인의 글귀가 너무 근사해 보여서, 나도 모르게 가슴이 설레였다. 그리고 내 발바닥엔 더 커다란 신의 장난감이 산다고 다짜고짜 시인에게 말을 걸고 싶어졌다. 이제 엄마 대신 혼자서 상처를 어루만지며 나도 중얼거려본다.

'내 발엔 신의 장난감이 산다. 그리고 엄마의 자책과 연민, 사랑이 그 장난감에 깃들어 있다.'

엄마 손이 발바닥을 쓸고 지나가면 사랑받고 있다는 걸 확신할 수 있었다. 엄마에게 나보다 소중한 사람은 없다고 생각했다. 독수리 오형제에 푹 빠졌던 언니들과 오빠보다 발바닥에 흉이 진 막내가 훨씬 귀하다고 내게 속삭여주는 것만 같았다.

차 한 대가 내 앞에 멈춰 섰다. 유리문이 내려가자 남자의 눈과 내 눈이 딱 마주쳤다. '길을 물으려는 걸까?' 옆에 선 친구와 나는 무심히 남자 쪽으로 시선을 던졌다.

"혹시…"

무표정한 얼굴로 남자가 주춤거렸다.

"혹시 '천상천하유아독존 님' 맞으세요?"

"헉! 제임스 님이세요?"

그날은 며칠 전 채팅을 했던 제임스 님과 만나기로 한 날이었다.

"타시죠!"

얼떨떨한 얼굴로 친구와 나는 차에 탔다. 차 내부가 넓어도 너무 넓었다. 우린 둘 다 입을 쩍 벌리고, 이리저리 고개를 돌리느라 정신이 없었다. 친구가 작은 소리로 내게 속삭였다. '벤츠야!' 순간 흠칫 놀란 내 눈이 더 커다래졌다.

"헉! 제임스 님! 이거 벤츠예요?"

"네, 아버지 차예요."

친구와 나는 시골 쥐처럼 목을 길게 뺐다가, 푹신한 시트에 몸을 밀어놓고선 신기하다며 낄낄 웃었다.

잠시 후, 우리는 달맞이 고개에 있는 근사한 한우집에 도착했다.

"제임스 님, 이런 곳은 너무 비싸니까 남포동이나 서면으
로 가면 안 될까요?"

외관만 보더라도 가격이 만만치 않을 것 같아 내가 재빨리 말했다.

"걱정 마세요! 제가 사 드릴게요."

"혹시 고기만 잔뜩 주문해놓고 혼자 도망가시는 건 아니
죠? 그럼 우린 여기서 죽도록 일해야 하잖아요."

내 말에 그는 배를 잡고 웃어댔다.

"천상천하유아독존 님은 채팅도 웃기시고, 현실도 만만
치 않네요."

당시 가벼운 주머니 탓에 친구들과 저렴한 '대패 삼겹살'만 먹곤 했었다. 그러니 질 좋은 한우를 구경한 것도, 먹어본 것도 그날이 처음이었다. 한우가 입안에 들어가면 아이스크림처럼 살살 녹는다는 '과장 섞인 말'을 TV에서 들을 때마다, 나는 거짓말을 꼭 진짜처럼 한다며 비아냥댔었다. 그런데 그게 진짜라는 걸 안 것도 그때가 처음이었다.

"제임스 님은 왜 부산말 안 써요?"

친구가 물었다.

"저 미국 유학생이거든요."

유쾌하지 않은 이야기라는 듯 그의 시선이 빙그르르 한 바퀴 돌았다.

"우와! 좋으시겠어요. 유학 가신지는 오래됐어요?"

"네. 중학생 때요."

"미국 엄청 좋다던데, 어때요?"

친구가 눈을 반짝이며 물었다.

"어디든 적응하고 나면 더는 흥미롭지 않죠. 게다가 전 제가 가고 싶어서 간 것도 아니라서요…"

고기를 입안에 밀어 넣는 그의 표정이 조금 쓸쓸해졌다.

"아… 그러셨군요. 그럼 다시 미국으로 가시는 거예요?"

"네, 다음 주에 가요."

호기심에 빛나는 우리의 눈빛과는 달리, 그의 눈은 생기가 없었다.

"외롭진 않으세요?"

"외롭죠. 정말… 외롭죠. 근데 어릴 때부터 쭉 그랬으니까… 이제 무감각해졌어요."

마치 남의 이야기를 전하듯 그는 별 감정이 없어 보였다.

한우를 다 먹은 후, 우린 야경이 멋진 야외 테라스에서 커피와 맥주를 마셨다.

"천상천하유아독존 님은 행복하세요?"

그가 물었다.

"저요? 돈만 많으면 완벽할 것 같아요."

내 말에 셋이서 키득키득 웃었다.

"제임스 님은요?"

"전 돈만 많아요."

그가 맥주를 한 모금 마시고 입매를 툭 떨궜다.

"제임스 님! 언젠가 외롭지 않은 날도 오겠죠. 힘내세
요!"

"언제요? 그런 날이 오긴 올까요?"

믿을 수 없다는 듯 그가 고개를 살짝 기울였다.

"생각을 바꾸시면 되지 않을까요? '난 돈마저 많다' 이렇
게요. 그럼 지금 바로 행복해질 수 있어요."

내 말에 그가 고개를 끄덕였다. 하지만 야경을 바라보는 그
의 얼굴에 금세 외로움이 차올랐다.

살면서 그날만큼 근사한 하루는 없었다. 벤츠의 안락함과
한우의 부드러움, 테라스에 흐르던 차분한 음악과 달콤한
커피 한 잔, 야경의 눈부심까지! 그런데 그 완벽함은 행복과
이어지지 못하고 그저 '작은 경험'으로 남아버렸다. 처음 보
는 사람의 쓸쓸함과 대면하고, 그의 외로운 얼굴을 들여다
본 시간이었기 때문이다. 완벽한 하루를 보내고 집으로 오
던 길, '행복은 조건이 아니다'라는 누군가의 말이 머릿속에
서 내내 지워지지 않았다.

초등학교 5학년 때, 특별활동으로 '동시 반'에 들어갔다. 정확하게 말하면 가위바위보에서 지는 바람에 떠밀려 들어간 거였다. 원하는 반에 들어가지 못한 아쉬움 탓에 나는 꿰다 놓은 보릿자루처럼 심드렁하게 앉아있었다.

선생님이 자유주제로 동시를 지어보라고 했다. 좋지 못한 마음 탓에 '수건'이라는 시를 대충 지어냈다.

수건

하늘에서 펑펑 눈이 내리면
세상은 온통 흰 세상
눈이 다 녹고 나면
세상은 온통 회색 세상
수건으로 쓱쓱 닦아주면
내 마음도 깨끗

세상도 깨끗

이런 다소 유치한 동시였는데 선생님이 잘 쓴 동시라며 내 것을 낭송해주었다. 그러면서 어린이다운 순수함이 잘 드러 난 멋진 작품이라는 말도 덧붙였다. 선생님 칭찬에 마음속 먹구름은 말끔히 사라졌고, 가위바위보에 지길 잘했다며 웃 음이 났다. 그리고 엄마, 아빠에게 칭찬받을 생각에 기분은 더 좋아졌다.

"아빠! 내가 지은 동시를 선생님이 칭찬해주셨어요. 아주 멋진 작품이라고 말이죠!"
눈을 반짝이며 아빠의 칭찬을 기다리고 있었다. 한참을 가 만히 있던 아빠가 입술을 달싹이더니 딱 한 마디 했다.
"그래!"
나는 눈을 크게 뜨고, 다음 말을 기다렸다. 그런데 아빠는 무심한 얼굴로 쓱 나가버렸다. 서운함에 눈물이 터지려는 걸 꾹꾹 눌러 참고 결심했다. 아빠가 칭찬을 할 수 밖에 없 는 성과를 보여 주겠다고.
몇 달 후, 간절함이 통했는지 불조심 글짓기 대회에서 '부산 시장상'이라는 제법 큰 상을 받았다. 부상으로 함께 받은 두 툼한 국어사전이 내 손에서 무게감을 뽐내던 순간, 내 머릿 속엔 아빠 얼굴밖에 떠오르지 않았다. 엄마가 "아이고, 잘했 네!"라는 칭찬의 말을 건넬 때, 나는 고개를 돌려 아빠 얼굴을 쳐다봤다. 이번에도 입술을 달싹인 아빠가 딱 한 마디 했다.

"그래!"

나는 상장과 국어사전을 툭 내려놓고 심통이 났다. 그러다 돈 한 푼 안 드는 칭찬조차 인색한 게 서러워서 결국 꺼이꺼이 울음을 터트렸다.

며칠 후, 거실에 손님들이 한가득 둘러앉았다. 나는 인사를 하고 방으로 들어갔다. 그런데 다음 순간, 손님들이 경쾌하게 한마디씩 하기 시작했다.

"우와! 대단한데요?"

"잔치라도 하셔야겠어요."

"얼마나 자랑스러우실까요."

무슨 일인가 궁금해 문틈으로 눈을 빼꼼 내밀었다. 그때, 아빠가 안방으로 들어가서 뭔가를 들고나왔다. 내가 부상으로 받아온 국어사전이었다. '상' 도장이 찍힌 하얀 띠지도 떼지 않은 채였다.

"이게 우리 막내가 받아온 부상이에요. 얼마나 신통방통한지 몰라요. 자! 한번 보세요!"

그러면서 가까이 앉은 손님에게 국어사전을 척 건넸다. 손님들은 띠지의 '상'자에 눈을 한 번씩 맞추고는 다시 아빠에게 돌려주었다.

나는 그 신기한 광경을 숨죽여 구경하다가 이내 무언가를 깨달았다.

아빠는 전형적인 경상도 남자라는 사실! 대놓고 칭찬을 해 본 적도 받아 본 적도 없는 경상도 남자. 딸에게 건네야 할 칭찬을 꿀꺽 삼켜버리고, 다른 사람들에게 몰래 자랑을 하 며 흐뭇해하는 사람. 그러니 아빠에게 만족스러운 칭찬을 기대하긴 힘들다는 것도 그 순간 선명하게 깨달았다.

며칠 전, 학교에서 열린 독후감 대회에서 아이가 1등 상을 받아왔다.

"엄마! 여기 상장 봐! 내가 1등이야!"

아이가 가방에서 상장을 꺼내며 말했다. 그런데 나도 모르 게 딱 한 마디만 하고 돌아섰다.

"축하해!"

그 말이 아빠의 '그래!'와 너무 비슷해서 순간 움찔 놀라고 말았다. 칭찬에 인색한 아빠를 원망하다가 어느새 아빠를 닮아버린 걸까? 뜨끔거리는 가슴을 생생히 느끼며 몸을 돌 려 아이에게 말했다.

"너 참 대단하다! 열심히 쓴 보람이 있지? 엄마는 최선을 다한 네가 참 자랑스러워! 정말 멋지다!"

아이가 배시시 웃는 동안 내 볼도 아이 볼도 빨갛게 익어갔 다.

그러고 보니 그 시절, 손님들에게 국어사전을 자랑하던 아

빠도 꼭 지금 내 마음 같았을 테다. 한없이 기특하고 대견한 마음. 그저 표현이 서툴고 무뎌서 제대로 전하지 못한, 내가 듣고 싶었던 그 보석 같은 칭찬의 말들을 더 늦기 전에 우리 아이에게 열심히 해줘야겠다. 그 옛날 아빠 마음까지 얹어서 풍성하게.

'짝'이라는 오래된 방송을 보고 싶어서 유튜브를 켰더니, 딸아이가 쪼르르 달려와 내 옆에 찰싹 달라붙었다. 순간 내 손가락이 움찔했다. 결혼적령기 남녀가 서로의 짝을 찾기 위해 고군분투하는 내용을 초등학생과 보는 것은 어딘가 아주 부적절하다고 느껴졌기 때문이었다.

"이건 어른들만 보는 거야."

"왜? 무슨 프로그램인데?"

입을 삐죽 내밀며 아이가 물었다.

"언니 오빠들이 자기 짝을 찾는 내용. 그러니까 부적절한
말이나 행동이 나올 가능성도 충분하단 뜻이지."

"엄마! 나도 언젠가 내 짝을 찾아야 할 거 아니야? 그때
를 대비해서 함께 보는 게 좋지 않겠어?"

동그란 안경 너머 동그란 눈이 단호하게 빛났다.

"그건 그렇지만…그럼 일단 함께 보다가 부적절한 장면
이 나오면 건너뛰는 거야. 알겠지?"

내 말에 아이가 힘차게 고개를 끄덕였다.

"근데 넌 어떤 남자가 좋아?"

"난 성격이 좋은 남자!"

아이 대답이 만족스러워 내 입매가 실룩 춤을 췄다.

드디어 남자들의 자기소개 시간. 복싱선수, 크루즈 회사 사장 아들, 농부, 회사원 등의 소개가 이어지고 남자 7호의 차례가 되었다.

"안녕하세요. 남자 7호입니다. 저는 영국 옥스퍼드 대학을 졸업하고…"

그때 갑자기 아이 손이 번쩍 날아올랐다.

"엄마! 난 남자 7호!"

참가자도 아니면서 난데없이 남자 7호를 콕 집는 것이 우스워 내가 껄껄 웃었다.

"너 옥스퍼드 때문에 그러는 거지? 학벌은 전혀 중요하지 않아. 살다 보면 성격 좋은 남자가 최고야! 그러니까 다시 생각해 봐."

진지한 목소리로 내가 충고하듯 말했다.

"옥스퍼드 때문이 아니야. 저 아저씨 성격이 젤 좋아 보이잖아."

아이 눈알이 또로록 소리를 내며 굴러다녔다.

"아휴 옥스퍼드라고 하자마자 네가 손을 번쩍 들었잖아. 남자는 뭐니 뭐니 해도 성격이야! 성격 좋은 남자가 최고라고"

답답하다는 듯 내가 말했다.

잠시 후, 남자 7호가 노래를 부르기 시작했다. 그런데 목소리가 얼마나 감미롭던지 나도 모르게 두 손이 뺨에 착 붙어버렸다. 그리고는 나도 모르게 외치고 말았다.

"나도 남자 7호!!!"

어이없다는 표정으로 아이가 '풋'하고 웃었다.

"성격을 보라면서! 엄마는 노래가 더 중요해?"

"노래 속에 담긴 '성격'을 본 거야. 진짜야…"

거짓말을 할 때마다 씰룩이는 내 볼 탓에 아이가 '푸하하하' 웃음을 터트렸다. 그동안에도 나는 부드러운 목소리에 빨려 들어갈 듯 연신 눈 하트를 날려댔다. 그런데 그 와중에 남자 7호가 좋아하는 여자 3호가 복싱선수와 7호 사이에서 갈팡질팡하기 시작했다.

"어머머 엄마! 남자 7호가 백배 천배 낫지 않아?"

킹콩처럼 가슴을 쳐대며 아이가 말했다.

"그러게! 우리 둘이 가서 남자 7호 고르면 딱이겠다."

신난 얼굴로 내가 말했다.

"엄마는 이미 결혼했잖아. 그러니까 나만 가야지!"

맞는 말도 어쩜 저렇게 얄밉게 할까.

마지막 선택을 앞둔 고백의 시간. 달빛이 은은하게 흐르는 마당에 여자 3호가 나타났다. 남자 7호가 꿀 떨어지는 눈으로 지긋이 바라봤다. 그리고 잠시 후, 남자 7호가 피아노를 치며 사랑 노래를 부르기 시작했다. 그 달콤한 노래에 우리 모녀의 심장이 격하게 팔랑댔다.

"꺄악!!!! 너무 멋져! 남자 7호! 남자 7호! 역시 남자 7호 가 최고야!"

드디어 최종 선택의 시간! 나도 아이도 기도하듯 두 손을 꼭 모으고, 여자 3호의 '현명한' 판단만을 바라고 있었다.

"엄마! 설마 복싱선수를 선택하진 않겠지?"

"그럴 리가! '우리' 7호만 한 사람이 어딨어"

어느새 남자 7호는 '우리' 7호가 되어 열렬한 응원을 받고 있었다. 발을 동동 구르며 호들갑을 떠는 아이 옆에서 나는 '제발, 제발!'을 연신 외쳐댔다.

"헉! 안돼!!!!!"

여자 3호가 복싱선수를 선택한 순간, '우리' 남자 7호가 눈 가를 슬쩍 훔치는 장면이 클로즈업되었다. 그의 무너진 고 개만큼 우리 마음도 와르르 무너져내렸다. 그리고 한없이 허탈한 표정으로 우린 입을 꾹 닫아버렸다.

"엄마! 나는 이다음에 꼭 7호 같은 남자랑 결혼할 거야"

잠시 후, 아이의 그 한 마디가 마법을 깨우는 주문인 양, 내 눈이 번쩍 빛을 냈다.

"정말? 듣던 중 반가운 소리야. 그럼 엄마는 남자 7호 같 은 사위를 기대하고 있으면 되겠네?"

우린 마주 보고 껄껄껄 웃느라 조금 전 허탈한 표정은 훨훨 날려버렸다.

그러고 보니 나와 아이의 취향이 비슷한 것은 얼마나 즐거운 일인가! 물론 아이의 취향이 불변하리란 보장은 없지만, 그래도 최소한 작은 믿음이라도 준 덕분에 나 혼자 한껏 기대에 부풀어 올랐다. 귀여운 사위가 피아노를 치며 감미로운 노래를 불러주는 시간! 목소리에서 꿀이 뚝뚝 떨어지면, 나는 그걸 받아 꿀물이라도 한잔 대접할 생각이다. 그리고 이렇게 말해야지.

"사위! 꿀물 다 마셨으면, 다음 곡 부탁하네."

생각만 해도 짜릿짜릿 기분이 좋아서 내 입꼬리가 절로 올라갔다.

"저… 연락처 좀 받을 수 있을까요?"

그가 주춤거리며 물었다. 수줍어하는 그의 얼굴을 보자 내 심장이 팔랑 나비춤을 췄다.

"크하하하하! 우리가 공통점이 많긴 하죠."

연락처를 묻는 이유를 이해한다는 듯 내가 호탕하게 웃었다.

"저… 혹시 천상천하유아독존 님 연락처 주시려는 건 아니죠? 친구 B 연락처요."

내 속을 간파했다는 듯 그가 친절하게 덧붙였다. 순간 내 볼 풍선이 큼지막하게 부풀어 올랐다. 그리곤 금방이라도 그를 향해 날아갈 듯 불만스레 움직였다. 내 눈치를 보고 선 그는 마치 선생님 앞에 불려온 학생처럼 공손하게 두 손을 모은 채였다. 눈썹에 바짝 힘을 주고 B에게 터벅터벅 걸어간 나는 냉기를 가득 담아 물었다.

"쟤가 네 연락처 궁금하대 줄까?"

B가 긴 생머리를 쓸어올리며 작은 눈을 반달 모양으로 만들었다. 마치 다 알고 있었다는 듯!

"응, 내 연락처 줘."

잠시 후, B의 연락처를 손에 쥔 남자가 어린애처럼 통통 튀어 오르며 연신 B에게 미소를 날렸다.

나와 번개에 동행했던 친구 A와 B는 개성이 확실했다.

우선 A는 말재주가 좋아 늘 분위기를 주도하는 친구였다. 상대의 기분을 잘 간파했고, 느슨해진 분위기를 재빨리 전환하는 기술도 좋았다. 다만, '말장난'을 지나치게 좋아한다는 단점이 있었다.

그런가 하면 B는 긴 생머리에 귀여운 얼굴을 가진 전형적인 내숭녀였다. 우리와 함께 있다가 남자가 한 명이라도 합석하면 말수가 급격히 줄고, 머리를 쓸어 넘기는 횟수도 늘었다. 웃음소리도 '하하하'에서 '호호호'로 작아졌고, 무엇보다 신비주의 모드로 자신을 잘 드러내지 않아 어디서나 관심의 대상이 되었다.

마지막으로 나는 재미있는 이야기엔 격렬한 리액션을 하는 반면, 지루한 이야기는 가차 없이 잘라버리는 '단호박'이었다. 웃음도 많고, 술도 많이 마시고, 목소리까지 컸던 탓에 남자들의 호불호도 분명했었다.

"도대체 우리 둘의 문제는 뭘까?"

어느 날, A가 진지한 얼굴로 물었다.

"척 보면 몰라? 내숭이 없는 게 문제지 뭐."

"그럼 우리 이번 번개에선 내숭을 좀 떨어볼까?"

웃음기 하나 없는 얼굴로 말하는 A가 귀여워서 나는 껄껄 웃었다.

"너 말장난이랑 말꼬리 잡기 참을 수 있겠어? 입이 근질근질할걸?"

"꾹 참아볼게. 고작 몇 시간 그걸 못 참겠어? 우리 계속 이런 식이면 죽을 때까지 연애 한 번 못 해볼지도 몰라. 언제까지 이렇게 살 순 없잖아! 안 그래?"

A의 표정이 진지함에서 비장함으로 바뀌고 있었다.

"그래! 맞아! 우리도 진한 연애를 해봐야지. 그럼 이번 번개에선 신비주의로 가자! 내숭의 끝판왕을 보여주마!"

주먹을 들어 올려 비장한 각오를 다지며 내가 말했다.

"천상천하유아독존 님! 채팅에선 엄청나게 씩씩하시더니 실제로 뵈니 아주 조용하시군요."

나와 채팅을 했던 남자가 눈매를 늘리며 말했다.

나는 재빨리 주문을 외웠다. '난 말이 없다! 신비주의다!'

"호호호, 네! 제가 원래 말수가 없어서요."

순간 하고 싶은 말들이 입안에 가득 차서 입술이 꿈틀꿈틀 제멋대로 움직였다. '윽! 참아야 하느니라!'

"그러고 보니 친구분들도 다들 말이 없으시네요?"

남자들의 호기심 어린 눈빛이 우리 얼굴을 훑어댔다.

"네… 저희가 원래 낯도 가리고, 성격도 워낙 내성적이

라. 호호호"

손으로 입을 살짝 가리고 '호호호' 웃는데, 속에선 답답함이
훅 솟구쳤다.

"제가 재미있는 이야기 하나 해드릴게요!"

얼굴만 봐도 지루함이 밀려드는 남자가 '재미있는 이야기'
를 시작했다. 나는 손가락으로 집게를 만들어 입술을 꽉 눌
렀다. 쓱, 옆을 보니 '말장난'을 못 참는 친구 A의 입술이 부
르르 떨리고 있었다. 원래대로라면 그 친구가 끼어들고도
남았을 텐데, 그날은 나와의 결의 때문에 그 재밌는 말장난
의 타이밍도 다 흘려보내고 있었다. 나는 친구가 대견해 하
마터면 눈물까지 쏟을뻔했다. 그리고 우리에게 바짝 다가
온 뜨거운 연애를 향해 환호성을 질렀다. 물론 말장난을 참
아내는 극한의 고통 속에 있던 친구 A의 얼굴이 벌겋게 익
어가고 있긴 했지만, 그 정도 고통과 뜨거운 연애를 바꿀 수
있다면 얼마든지 감내할 수 있지 않은가!

한편 남자의 지루한 이야기는 끝도 없이 이어졌다.

"제가 화장실에서 나오려는데 하필이면 휴지가 다 떨어
진 거예요!"

"휴지가 떨어졌으면 얼른 주우면 되죠! 크하하하하!"

결국, 후반부 말장난의 유혹을 이겨내지 못한 A가 큰소리
로 외치곤 미친 듯이 웃어댔다. 깜짝 놀란 남자들이 입을 쩍
벌리고 일제히 A를 쳐다봤다. 너무 오래 참았던 탓인지 A는

모든 것을 내려놓은 얼굴로 맥주를 벌컥벌컥 마셔댔다. 그 순간, 나의 허술한 빗장도 스르르 보기 좋게 열리고 말았다.

"재미있는 이야기라면서요? 지금까지 재미있는 대목이 하나도 없었으니까, 이제 막 나오는 거 맞죠? 자자! 들어 봅시다. 귀 쫑긋! 기대감 급상승 중!"

시원한 목소리로 내가 말했다. 턱을 늘린 남자들의 시선이 A에서 내게로 옮겨왔다.

"그게 이야기 끝인데요…?"

남자가 기어들어 가는 목소리로 말했다.

"그게 뭐야!!! 완전 재미없잖아! 어디 가서 그런 이야기 하지 마요. 욕 듣기 딱 좋아! 크하하하하!"

숨통이 트인 나와 A가 맥주잔을 짠 부딪혔다. 그리곤 시원한 맥주를 들이켜며 연신 키득거렸다.

"캬!!!! 시원하다!"

무려 1시간 동안 '말 수 없고 수줍은 연기'를 했던 갈증이 어마어마했던지 우리의 '캬!'소리는 묵은 체증을 날려버리듯 개운하기만 했다. 내숭의 빗장이 풀린 걸 눈치챈 남자들은 슬그머니 시선을 B에게 모았다. B는 우리의 연기에 전혀 동요하지 않았고, '호호호' 웃기와 머리 쓸어 넘기기 기술을 꾸준히 구사하는 데 성공했다.

집에 가려고 일어났을 때, 나와 채팅했던 남자가 곁으로 쓱 다가왔다.

"저기… B 연락처 좀…"

짜증의 불길이 훅 솟아올라 나도 모르게 큰소리로 외치고 말았다.

"직접 물어보세요. 흥!"

그날 이후로 나와 A는 내숭에 도전하지 않았다. 그럴 시간에 말장난을 즐기고, 지루한 이야기를 끊는 게 낫다는 결론에 이른 덕분이다. 그리고 무엇보다 우린 내숭을 참아낼 만큼 인내심이 강하지 않았다. 그래서 어쩔 수 없이 지금은 '생긴 대로 사는 즐거움'을 찬양하며 살아간다!

꼬마 시절, 엄마를 따라 친척 집에 간 날이었다. 입꼬리를
쏙 끌어올린, 나와 동갑인 그 아이는 척 봐도 나랑 놀고 싶
어 하는 것 같았다. 핑크색이 반짝이는 포근한 그 아이의 방
에 들어서자 왠지 아주 생경한 경험을 할 것만 같은 예감이
들었다. 그 아이는 주섬주섬 인형들을 꺼냈다. 순식간에 내
앞에 인형과 인형 옷들이 한가득 쌓였다. 특히 금발 인형들
이 어찌나 예쁘던지 나는 금세 마음을 빼앗겼다. 사실 나는
그때까지 바비 인형이 무엇인지도, 인형을 위한 살림살이들
이 그렇게나 많다는 것도 알지 못했다. 그러니 바비 인형을
위한 온갖 액세서리는 물론, 욕실 세트며 침구 세트들을 보
는 것만으로도 가슴이 파닥파닥 날갯짓해댔다.

"너희 집에도 바비 인형 있어?"

그 아이가 진짜 궁금하다는 목소리로 물었다.

"아니. 이 인형 이름이 바비야?"

내가 고개를 저으며 말했다.

"응. 그럼 너도 엄마한테 사달라고 해. 난 다음 주에 핑크
드레스도 사달라고 할 거야. 파티에 갈 땐 드레스가 여러
개 있어야 하거든."
"우리 엄마는 안 사 줄 거야."
확신에 차서 내가 말했다.
"왜?"
이렇게 예쁜데 안 사줄 수 있냐는 듯 그 아이가 눈매를 늘
렸다. 하지만 우리 형편엔 어림없다는 말을 그 큰 눈에 대고
차마 할 수는 없었다.
"우리 엄마는 인형 같은 거 싫어하시거든."
그렇게 대충 얼버무리고 나는 그 아이랑 신나게 인형 놀이
를 했다. 예쁜 옷으로 갈아입히고 구두를 신길 때마다 기분
이 좋아서 자꾸만 웃음이 새어 나왔다.
집에 오는 길, 엄마 눈치를 살피다 내가 물었다.
"엄마, 그 애 집에 예쁜 인형이 있는데 이름이 바비래. 혹
시… 나도 사 주면 안 될까?"
엄마는 1초도 생각하지 않고 말했다.
"인형? 그럴 돈이 어딨어?"
나는 '역시'라는 말을 입으로 중얼거리며 고개를 푹 숙여버
렸다. 그러면서 그 아이가 다음 주에 산다고 한 핑크 드레스
를 상상했다. '파티에서 계속 드레스를 갈아입으면 어떤 기
분일까?' 그 생각에 이르자, 내 신세가 한없이 처량해 보였
다.

몇 달 후, 해외에 있던 아빠가 돌아왔다. 까맣게 그은 얼굴로 아빠가 커다란 캐리어를 열자, 바짝 긴장한 4남매가 머리통을 부딪치며 자리싸움을 시작했다. 보물상자에서 처음 보는 신기한 껌, 초콜릿, 과자들이 쏟아져나왔다. 툭툭, 큰 어깨들이 치열하게 밀쳐댔다. 그 바람에 내 어깨가 힘없이 뒤로 쑥 밀려났다. 그때 기다렸다는 듯이 아빠가 나를 안아주며 말했다.

"너 인형 갖고 싶다고 했다며?"

순간 내 입이 쩍 벌어졌다.

"아빠가 그걸 어떻게 알았어?"

엄마 눈치를 보며 내가 물었다.

"엄마가 말해줬어. 그래서 막내 널 위해 아빠가 특별히 인형을 사 왔지."

아빠 말에 내 눈이 튀어나올 듯 커다래졌다.

"정말? 어디 어디? 얼른 보여줘!"

내가 손을 내밀며 보챘다.

"바로 보여주면 재미없잖아. 저녁에 짠하고 선물로 줄 거야. 그러니까 그때까지 기다릴 수 있지?"

터져 나오는 웃음을 손으로 누르며 나는 고개를 끄덕였다.

그날 낮에 작은 언니와 나는 아빠의 캐리어는 물론, 집안 곳곳을 샅샅이 뒤지기 시작했다. 금발의 바비는 작으니까 어느 구석에라도 쏙 들어갈 것만 같았다. 그래서 각 방과 선

반, 심지어 외투 주머니까지 거의 모든 곳을 빈틈없이 수색해나갔다. 그러다 바비의 금색 머리와 비슷한 무언가라도 보일라치면 먹이를 낚아채듯 신나게 달려들었다. 하지만 어찌 된 일인지 아무리 찾아도 바비는 보이지 않았다. 한참 후, 내가 시무룩해질 무렵, 작은 언니가 큰 소리로 나를 불렀다. 작은 방으로 급히 달려갔더니 언니가 의자 두 개를 겹쳐 올려 이불장 위를 들여다보고 있었다.

"너한테 꼭 맞는 인형이야!"

그렇게 의미심장한 말을 하곤 언니가 바닥으로 내려왔다. 나는 얼른 바비를 가지고 놀 생각에 짧은 다리를 의자 위로 밀어 올렸다. 두 번째 의자에 올라섰을 때는 너무 무서워서 식은땀이 날 지경이었다. 나는 일단 고개를 들어 금발의 바비를 눈에 담고, 다음으로 손에 쥘 생각이었다. 그래서 발뒤꿈치를 살포시 들어 올려 이불장 위로 눈을 빼꼼 내밀었다.

"으악!!!!!!!!!!!!!!"

순간 너무 놀라 내 입에서 비명이 터져 나왔다. 정신없이 파닥거린 탓에 바닥으로 쿵 떨어졌고, '으아아아아앙!' 커다란 울음소리가 집안을 크게 울렸다. 그 와중에 옆에 선 작은 언니는 웃겨 죽는다며 난리가 났다.

이불장 위에는 금발의 바비가 없었다! 대신 까만 얼굴에 번개 맞은 머리를 한 무서운 인형이 날 노려보고 있었다. 사악한 눈에 반쯤 벌린 입, 그것도 모자라 음흉하게 웃고 있는 걸 본 순간 나는 기절하는 줄 알았다. 그 인형은 한마디로 사탄의 인형 친척쯤 되는 것 같았다. 결국 그때가 그 인형을 본 처음이자 마지막이었다. 인형을 보기만 해도 하도 울어서 엄마가 이불장 위에서 절대 꺼내지 못하게 했기 때문이었다. 하여튼 아직도 나는 사탄의 인형처럼 생긴 인형만 봐도 그날의 충격이 떠올라 몸서리치곤 한다. 그나저나 우리 아빠는 왜 금발의 바비 대신 음흉한 사탄의 인형을 사 온 것일까? 핑크 드레스를 입은 사탄의 인형이 파티에서 열정적으로 춤을 추면 얼마나 무서운지 몰랐던 것일까?

"나랑 영화 보러 갈 사람?"

친한 남자 선배가 우리 쪽을 보며 물었다.

"영화관 가려고요?"

"아니, 학교 앞 비디오방에서 영화나 보려고. 할 일 없으
면 다 같이 가자."

나는 영화가 보고 싶어 재빨리 친구들 얼굴을 훑었다.

"난 약속 있어!"

"나도!"

"선배, 다음에 같이 가요!"

어찌 된 일인지 나만 빼고 다들 약속이 있었다. 아무 대답
없이 내가 눈만 끔뻑이고 있자, 선배가 물었다.

"넌 약속 없는 거지?"

마지못해 고개를 끄덕였다.

"그럼 가자!"

보고 싶은 영화가 있는 눈치길래 나는 선배에게 고르라고

말하곤 다른 영화를 둘러보고 있었다.

"너, 이 영화 봤어?"

선배가 비디오테이프 하나를 들어 올리며 물었다.

"아뇨! 재밌어요?"

"예술성 있는 영화라고 하던데, 나도 안 봐서 모르겠어. 이거 볼래?"

나는 대충 고개를 끄덕이고, 주인아저씨가 알려준 방에 들어가 앉았다. 못해도 4~5명은 족히 들어가고도 남을 넓은 방이었다. 나는 푹신한 소파에 앉았다. 그때, 풀썩! 선배가 바로 내 옆에 앉았다. 친한 선배라 자주 같이 어울려 놀긴 했지만 그렇다고 이렇게 가깝게 앉아 영화를 보기엔 어딘가 불편했다.

"선배! 편하게 앉아요!"

내가 멀찍이 떨어져 앉으며 말했다.

드디어 영화가 시작되었다. 그런데 잔뜩 기대에 찬 눈으로 화면을 보던 내 얼굴에서는 차츰 생기가 사라지고 있었다. 선배 말대로 '예술영화'임에 틀림없었다. 초반부터 지루해서 집중력이 흐려진 건 물론, 맥락 없는 대사와 상황이 '하품제조기'가 되어 나를 괴롭혔다.

그런데 맥락 없는 영화가 중반을 넘어섰을 때였다. 몰려드는 잠을 확 쫓는 장면들이 난데없이 쏟아지기 시작했다. 갑자기 내 정신이 또렷해졌고, 너무 놀라 정지상태로 화면만

처다보고 있었다. 남녀의 애정씬이 열정적이다 못해 너무 격렬한 탓이었다. 나는 할 수만 있다면 화면으로 들어가 좀 말리고 싶은 심정이었다.

"선배! 저… 저… 저 사람들 왜 저래요?"

화면을 가리키며 내가 물었다.

"글쎄…"

허스키한 선배의 목소리가 모깃소리처럼 작게 들렸다. 이상하다 싶어 돌아보니 무슨 이유에선지 선배 얼굴이 벌겋게 달아올라 있었다.

"선배! 어디 아파요?"

눈을 동그랗게 뜨고 물었다.

"아… 아니… 괜…찮아."

"배탈 난 거 아니에요? 아파 보이는데?"

진심으로 걱정이 되어 내가 물었다. 곧이어 선배 고개가 세차게 돌아갔다. 그러는 와중에도 남녀의 애정신은 끝날 기미가 보이지 않았다.

"어휴. 예술영화는 무슨 예술영화야, 예술영화 두 번만 찍다간 사람 죽겠네, 죽겠어."

내가 한숨을 섞어 툭 말했다.

"끙… 끙… 끙…"

그때 앓는 소리가 선배 쪽에서 들려왔다. 이번엔 고개까지 푹 숙이고 고통을 호소하는 듯 보였다. 허리를 곧게 세우고, 두 주먹을 무릎에 단단히 붙인 군인 자세로 '끙'소리를 내는 선배를 보니, 답답함이 밀려왔다.

"선배! 아픈가 본데, 얼른 학교로 갑시다!"

내가 선배 팔을 획 당겼다.

"아… 아… 아니야. 그런 게… 아니야."

거의 울 듯이 말하길래 내가 선배 옆에 풀썩 앉았다. 그런데 얼굴이 너무 새빨개서 나도 모르게 움찔 놀라고 말았다. 선배는 고개를 숙였다가, 주먹에 힘을 줬다가, 발을 까딱거렸다가, 혼자서 쉬지 않고 꼬물거렸다. 그렇게 영화는 영화대로, 선배는 선배대로 분주하게 움직여대는 통에 나는 슬쩍 짜증이 났다. 그래서 속으로 '제발 둘 다 좀 끝나라'라고 계속 중얼거렸다. 결국 예술 영화다운 결말을 보여주며 영화가 끝났다. 그러자 신기하게 선배도 다 나은 듯 멀쩡해졌다.

잠시 후, 친구가 물었다.

"영화는 재미있었어?"

"아니! 최악이었어. 처음부터 끝까지 잠이 쏟아지는 건 둘째치고, 주인공들은 밑도 끝도 없이 육탄전에 가까운 애정행각을 벌이지, 선배는 영화 보는 내내 아픈 사람처럼 끙끙대지, 그러다가 영화 끝나니까 갑자기 멀쩡해지더라고. 하여튼 엉망진창이었어!"

내 말에 친구가 배를 잡고 웃기 시작했다.

"왜 웃어?"

"그 선배 말이야, 신체 변화가 왔었나 보네."

"뭐라고? 신체 변화? 헉! 왜? 도대체 왜? 으악!!!!!!!!!! 싫
어! 싫어!"
내가 팔을 파닥거리며 몸서리치는 동안 친구는 눈물까지 훔
치며 웃어댔다.

며칠 후, 복도에서 선배랑 눈이 딱 마주쳤다.
"악!!!!!!!!"
나도 모르게 작은 괴성을 지르곤 반대 방향으로 급히 달렸
다.
또 며칠 후, 선배가 내게 물었다.
"영화 보러 갈래?"
평소엔 분위기 있게 들리던 그 허스키한 목소리가 순간, 한
없이 '변태스럽게' 들리는 것이 아닌가! 그래서 나도 모르게
날카롭게 대답해버리고 말았다.
"싫어요! 안 가요! 안 가! 다시는 안 가요!"
너무 어려서, 혹은 순진해서 난리 법석을 떨었던 그 시절이
살다 보면 가끔 그리워지기도 한다.

아이들의 엇비슷한 공약들이 지루하게 이어졌다.

"저를 부반장으로 뽑아주신다면 여러분의 손과 발이 되어드리겠습니다."

"선생님을 도와 우리 반을 최고의 반으로 만들 자신이 있습니다."

나는 지루함에 몸을 들썩이며 선거가 얼른 끝나길 기다리고 있었다.

그때, 남자아이 하나가 눈알을 굴리며 교탁 앞에 섰다. 아이들 시선을 느낀 탓인지, 그 아이 얼굴이 금세 시뻘겋게 물들었다. 게다가 얼른 말이 나오지 않는지 입을 붕어처럼 뻐끔거리는 통에 아이들이 와르르 웃어버렸다.

"크하하 불타는 고구마다!"

한 아이 말에 아이들이 배를 잡고 웃었다. 그러자 붕어의 얼굴뿐 아니라 목까지 가을 단풍처럼 촘촘히 붉어져 갔다.

"열심히 하겠습니다. 꼭 좀 뽑아주십시오!"

어렵게 뱉어낸 말은 그게 다였다. 아이들이 또 한 번 웃는 사이, 붕어는 어쩔 줄 몰라 하며 자기 자리로 돌아갔다. 그런데 더 친절하고, 더 잘생기고, 더 좋은 공약을 내걸었던 후보들을 물리치고, 붕어 아니, 기진이가 당당하게 부반장으로 뽑혔다. 특히 여자아이들의 몰표를 받은 덕분에 그날부터 기진이는 우리 반 인기남이 되었다.

한번은 내가 기진이랑 짝이 되었다.
"나 지우개 좀 빌려줄래?"
기진이는 아무 말 없이 내 앞에 지우개를 척 내려놓았다.
"두 명씩 짝지어서 해야 하는데, 나랑 한팀 할래?"
하고 물으면, 기진이는 또 말없이 고개를 끄덕이곤 했다. 그러다 쉬는 시간에 내가 재밌는 이야기라도 하면 배시시 웃다가 입을 뻐끔거리는 붕어가 되었다. 그때마다 기진이 입가 보조개가 슬쩍슬쩍 춤을 추었다. 그 보조개 춤이 어찌나예쁜지 나는 그 춤이 보고 싶어 일부러 웃긴 이야기를 더 열심히 해주었다. 짝을 바꾸는 아쉬운 날, 나는 너무 서운해서 눈물이 터질 것만 같았다. 한편 기진이랑 짝이 된 여자아이는 좋아서 방방 뛰어올랐다.
부끄럼쟁이 붕어인 줄 만 알았는데, 알고 보니 무심한 듯 친절한 시크남이어서 나는 기진이가 좋았다. 그런데 시간이 갈수록 나처럼 기진이의 매력을 알아본 여자아이들이 점점 늘어갔다. 그리고 급기야 기진이에 대한 여자아이들의 편애가 눈에 띄게 심해졌고, 그럴수록 남자아이들의 질투 또한 도드라졌다.

어느 날, 말 많은 남자아이 하나가 급하게 교실로 뛰어 들어왔다. 그리곤 고개를 획 돌려 교실을 둘러보더니, 기진이가 보이지 않자 특급 비밀이라도 알려준다는 듯 목소리를 낮춰 말했다.

"너희들 그 소문 들었어?"

"무슨 소문?"

아이들이 일제히 주목했다.

"우리 학교에 지하 창고 있잖아. 어제 거기서 기진이랑 선영이가 뽀뽀했대!"

그 말에 여자아이들 얼굴이 허옇게 질렸다.

"말도 안 돼! 그 둘이 지하 창고에 갈 리가 없잖아!"

"너 거짓말하는 거지?"

"목격자라도 있대?"

여기저기 원성이 빗발쳤다.

"진짜래! 벌써 다른 반에도 소문이 쫙 퍼졌다구. 어디 그 뿐이야? 실제로 본 아이들이 한둘이 아니래!"

진지한 얼굴로 '한둘이 아니래'라고 힘주어 말하자, 여자아이들이 아예 울 것 같은 얼굴을 했다. 마음이 와장창 깨진 건 나도 마찬가지였다. 그래서 망연자실한 얼굴로 눈물을 꾹꾹 참으며 가만히 앉아 있었다. 기진이, 지하 창고, 뽀뽀, 선영이… 어느 것 하나 마음에 드는 구석이 없었지만, 그중 가장 싫었던 건 바로 '선영이'였다. 우리 반에서 일명 '부잣집 딸'로 통하던 선영이는 아빠가 미국에서 사 온 특이한 옷을 매일 바꿔가며 입고 왔고, 자기 집이 얼마나 부자인지 입버릇처럼 자랑하던 아이였다. '하고많은 여자아이 중 하필이면 선영이라니!' 하교 후, 나를 포함해 기진이를 좋아하는 여자아이 셋이 모였다.

"기진이 걔 어쩜 그럴 수가 있지?"

"그러게 말이야. 그것도 얄미운 선영이랑!"

불만이 툭툭 터져 나왔다.

"혹시 선영이가 부잣집 딸이라서 그런 거 아닐까?"

친구가 입을 비죽이며 말했다. 그때 내 머릿속에 기진이의 보조개가 춤을 추기 시작했다.

"에이 그럴 리가. 기진이는 그런 애가 아니야…"

나도 모르게 얼른 기진이 편을 들었다.

"네가 그걸 어떻게 알아! 난 이쯤에서 기진이 포기할래."

한 친구가 대단한 선언이라도 하듯 진지하게 말했다. 다른 친구도 고개를 끄덕였다. 그리곤 둘이서 날 빤히 쳐다봤다. 얼른 '포기'하라는 뜻이었다. 하지만 나는 그 예쁜 보조개가 자꾸만 눈에 밟혀 선뜻 말이 나오지 않았다.

"넌 포기 안 할 거야? 그 얄미운 선영이랑 뽀뽀를 했다는데도?"

친구가 나를 슬쩍 밀며 종용했다.

"알았어. 그럼 나도…"

마지못해 내가 대답했다.

"사랑은 참 힘든 거구나!"

친구가 툭 뱉은 말에 우리는 말 없이 고개만 끄덕였다.

한참 시간이 지난 후, 그 소문은 거짓으로 밝혀졌다. 여자아
이들은 일제히 안도했고, '포기'를 선언했던 우리 셋도 좋아
서 입을 움찔거렸다. 그런데 어딘가 모르게 찜찜함이 남았
던 나는 연신 기진이 눈치를 살폈다. 그러다 쉬는 시간에 기
진이에게 물었다.

"너 왜 소문이 가짜라고 말 안 했어? 억울했을 거잖아."

기진이 붕어 입이 뻐끔뻐끔 말을 찾고 있었다. 그러다 갑자
기 보조개 춤이 시작되었다. 기진이가 배시시 웃자 그 예쁜
보조개가 눈부시게 만개했다. 나는 넋을 놓고 싱그러운 보
조개 꽃을 쳐다봤다.

"그런 일에 일일이 신경 써서 뭐 해!"

시크하게 한 마디 내뱉고는 기진이가 돌아섰다. 밤톨 같은
머리통이 멀어지는 걸 보면서 나는 생각했다.

'사랑은 참 힘든 거지. 그래도 쉽게 포기하면 재미없어!'

악몽이 틀림없었다! 박연준 시인의 책을 읽다가 잠든 탓에 꿈에 시인을 만났다. 얼굴도 모르지만, 그냥 직감적으로 알 수 있었다. 그녀가 보이자 내가 냉큼 달려가 옆에 착 달라붙었다.

"시인님, 이번 산문집 참 재미있어요."

내가 환하게 웃으며 말했다.

"그래요? 감사합니다."

인자한 눈빛이 내 얼굴에 닿자, 마음이 팔랑거려 목구멍이 간질거렸다.

그때였다! 안경 쓴 남자가 쓱 다가오더니 말했다.

"두 분, 의자에 앉으시죠!"

뒤를 돌아보니 어느새 의자 두 개가 나란히 놓여있었다. 시인님도 나도 주춤거리며 의자에 앉았다.

"자! 오늘 두 분을 인터뷰하게 되어서 진심으로 영광입니다."

안경 쓴 남자가 토크쇼 진행자처럼 능글맞은 웃음을 흘리며 말했다. 고개를 휙 돌려 시인의 얼굴을 보자, 그녀는 이미 알고 있는 눈치였다.

"무슨 인터뷰인가요?"

내가 손을 들어 올려 물었다. 그러자 안경 쓴 남자가 미간을 좁히더니 불편한 기색을 드러냈다.

"인터뷰하는 것도 모르셨어요? 흠! 제 질문에 대답만 하시면 됩니다."

남자는 신경 쓰기 귀찮다는 듯 고개를 휙 돌려버렸다. 커다랗게 부풀어 오른 내 볼이 남자를 향해 씰룩거렸다.

"자! 이 시대의 대표 시인이시죠? 박연준 시인께 질문드리겠습니다! 시를 쓰는 일이 쉽지만은 않을 텐데요, 20대 때 시를 쓰기 위해 특별히 노력하신 부분이 있으신가요?"

방금까지 나한테 퉁퉁거렸던 남자가 시인님께는 아주 공손한 표정을 지으며 물었다. 나는 더 짜증이 나서 일부러 들으라는 듯 '끙!' 소리를 냈다. 그러자 안경 너머 매서운 눈이 내게 휙 날아왔다.

"저는 원래 뭐든 지나치게 애쓰지 않았어요. 적당히 타협했죠. 그런데 딱 두 가지, 애를 써서 한 일이 있어요."

'헉! 이거 책에서 읽은 내용인데?'

나는 깜짝 놀라 얼른 몸을 돌렸다.

"시인님! 그 두 가지…연애랑 시 쓰기죠?"

마치 퀴즈를 맞히고 의기양양한 사람처럼 내가 고개를 한껏
들어 올렸다.

　"그걸 당신이 말하면 어떡해요! 시인께 들어야 할 대답
　을 왜 낚아채냐고요!

　자! 시인님이 다시 말씀해주시겠어요? 시를 쓰기 위해서
　열심히 하셨던 두 가지요."

　"네, 연애와 시 쓰기랍니다. 아무래도 지금 시를 쓰는데
　여러모로 도움이 되는 것 같아요."

'연애와 시 쓰기… 참 멋져! 시인에게 필수적인 두 가지겠
지.' 혼잣말처럼 내가 중얼거렸다.

　"자! 그럼 이제 동화작가님께 질문드리죠!"

남자는 성난 장승 같은 얼굴을 하고선 내 쪽으로 몸을 돌렸
다. 나는 침을 꼴깍 삼키고 남자를 노려봤다.

　"어린이들에게 꿈과 희망을 주는 동화를 쓰기 위해 20대
　때 가장 열심히 하셨던 두 가지는 무엇인가요?"

물론 나도 20대 때 가장 열심히 했던 두 가지가 있긴 있었
다. 하지만 난데없이 '어린이', '꿈', '희망'이라는 말과 함께
엮어서 물으니 대답하기가 곤란해지고 말았다.

　"그게… 그러니까…"

눈알을 굴리며 적당한 대답을 찾기 시작했다. 그러는 사이,
남자는 몸을 옆으로 기우뚱 기울이며 온몸으로 재촉을 해댔
다. '독서? 꽃꽂이? 시 쓰기? 음악감상? 십자수?' 다른 대답
을 찾느라 온갖 단어들을 떠올렸다. 그런데 이상하게 어느

것도 입 밖으로 나오지 않았다.

"사실은 조금 부적절한 대답인 것 같아서… 혹시 인터뷰
　를 다음에 다시 하면 안 될까요?"

기어들어 가는 목소리로 내가 물었다. 그랬더니 아니나 다
를까 남자가 고개를 돌리며 '쳇!' 소리를 크게 냈다. 내 속에
서 불끈 또 화가 솟았다. 그래서 벌떡 일어나 따져 물었다.

"지금 쳇! 이라고 하셨어요? 말하고 싶은 바를 정확하게
　전달하셔야죠. 쳇이 뭐예요!"

그때 남자가 안경을 밀어 올리며 벌떡 일어섰다. 그리곤 저
벅저벅 걸어와서 나와 눈높이를 맞췄다.

"쳇! 쳇! 쳇! 쳇! 쳇!"

남자가 내 얼굴에 대고 랩을 하듯 얄밉게 쳇쳇거리는게 아
닌가! 어이가 없어진 나는 '흥!' 남자에게 콧방귀를 뀌곤 경
보 선수처럼 종종걸음으로 달리기 시작했다. 한참을 달렸는
데, 어느새 남자가 나를 쫓아오고 있었다. 나는 잡히지 않으
려고 팔을 마구 휘저으며 앞으로 나아갔다.

"제발 말 좀 해주고 가세요! 어린이들에게 꿈과 희망을
　주기 위해 20대 때, 열심히 했던 두 가지요!"

남자 목소리에 내 발이 더 빨라졌다.

"제발요! 인터뷰 안 하면 나 잘릴지도 몰라요!"

갑자기 남자가 흐느끼며 소리쳤다. 할 수 없이 내가 몸을 돌
렸다. 닭똥 같은 눈물을 뚝뚝 흘리는 남자를 보니 어딘가 좀
안쓰러운 마음이 들었다.

"그 두 가지만 말해주고 가면 되잖아요! 그게 뭐가 어려
워요? 도대체 뭐길래요?"

남자의 간절한 눈빛에 내 입이 쓱 벌어졌다.

"채팅이랑 번개요!"

"뭐라고요? 어린이들에게 꿈과 희망을 주는 동화를 쓰기
위해 채팅이랑 번개를 최선을 다해서 했다고요?"

미간에 잔뜩 주름을 잡고 남자가 또박또박 소리쳤다.

"동화를 쓰게 될 줄은 꿈에도 몰랐어요. 그냥 채팅과 번
개가 너무 재미있어서…"

나는 큰 죄라도 지은 사람처럼 입을 오므렸다.

"인터뷰에 채팅과 번개라고 쓸 순 없으니까… 독서와 그
림 감상이라고 씁시다."

선심 쓴다는 말투로 남자가 말했다.

"아무래도 그게 좋겠죠?"

한풀 누그러진 목소리로 내가 대꾸했다.

아침에 잠에서 깨자마자, 고상하게 독서와 그림 감상을 즐
기는 젊은 날의 나를 상상해봤다. 나도 모르게 고개가 절레
절레 돌아갔다. '독서와 그림 감상'이라니 말도 안 돼! 20대
때, 채팅과 번개만큼 재미있는 게 없었는데… 안경 쓴 남자
의 잔상을 털어내며 나는 얼른 몸을 일으켰다.

내가 필리핀에 머물던 어느 날, 친구가 특종이라도 알려준
다는 듯 말했다.

"너, 그거 들었어? 오늘 저녁에 부활절 행사가 열린대. 놀
라지 마! 커다란 십자가에 사람을 묶고, 손바닥에 진짜
못을 박는대!"

친구가 눈을 게슴츠레하게 뜨고 목소리를 낮췄다.

"헉! 진짜야? 사람 손에 못을 박는다고? 그럼 손바닥이
뚫릴 텐데?"

내 눈이 커다래졌다.

"그래! 그래서 다들 구경 간다고 난리잖아."

"그럼 나도 가야지. 어디서 한 대?"

내가 몸을 일으키며 얼른 물었다.

"정확한 장소는 잘 모르겠어. 행렬이 끝도 없이 이어진다
고 하는 걸로 봐서, 큰길로 나가면 볼 수 있지 않을까?"

저녁을 먹은 후, 친구 세 명과 큰길로 나가보기로 했다. 혹시 행사장이 번화가에서 가까우면 구경할 수 있을지도 모르고, 만약 그게 아니더라도 거대한 행렬 정도는 볼 수 있을 것 같았다. 트라이시클 비용으로 동전 몇 개를 주머니에 챙겨 넣고, 잠옷 같은 티셔츠에 반바지, 슬리퍼 차림으로 집을 나섰다.

잠시 후, 번화한 큰길에 이르렀다. 그런데 이상했다. 그때쯤 거대한 행렬 때문에 교통이 통제되거나 아수라장이 되어야 마땅할 듯싶었는데, 너무 조용했다. 주변을 아무리 둘러봐도 행렬은 물론, 삼삼오오 모인 사람들조차 없었다. 보지 못한 아쉬움을 달래며 우리 넷은 발길을 돌렸다.

류시화의 〈좋은지 나쁜지 누가 아는가〉에 이런 이야기가 나온다. 한 남자가 큰 회사의 잡무를 담당하기 위해 면접관을 만났다. 면접관은 바닥을 청소해보라고 요구했고, 남자의 능숙한 청소 솜씨에 만족감을 표했다.

"당신을 채용하겠소. 고용계약서와 근무 조건 등 세부 사항을 보내 줄 테니 당신의 이메일 주소를 주시오."

면접관의 말에 남자가 당황했다.

"저는 컴퓨터도 이메일도 없습니다."

그러자 면접관이 이렇게 말했다.

"이메일이 없는 사람은 존재하지 않는 사람과 마찬가지니, 우리는 당신을 고용할 수 없소."

행운이 순식간에 불운으로 바뀌자 남자는 희망을 잃고 슬퍼했다. 그때 남자가 가진 거라곤 주머니에 든 단돈 10달러뿐이었다.

:

순간, J 오빠가 소리쳤다.
"헉! 내 주머니에 500페소가 있었어!"
뒤를 돌아 J 오빠를 보니, 500페소 지폐를 들어 올리며 환하게 웃고 있었다. 멀리 떠나버렸던 행운의 여신이 우리 곁으로 바짝 다가온 순간이었다. 우린 지나는 사람들에게 재빨리 행사장을 묻기 시작했다. 예상보다 꽤 먼 곳이었지만, 반짝거리는 500페소 지폐 덕분에 우리는 의기양양하게 버스에 올랐다. 한참을 달려 버스에서 내리자, 그토록 찾아 헤매던 거대한 행렬이 우리 눈에 쏟아져 들어왔다. 기대감으로 들뜬 사람들이 삼삼오오 무리를 지어 언덕을 열심히 오르고 있었다.
"드디어 우리도 볼 수 있겠다! 빨리 가자! 시간 없어!"
넷이서 키득거리며 언덕을 오르기 시작했다.

30분쯤 걸었나? 주변에 사람들만 넘칠 뿐, 행사장은 보이지 않았다. 우리는 연신 주변 사람들에게 언제까지 올라가야 하냐고 물어댔다. 그럴 때마다 그들은 걱정 말라는 말과 함께, '곧!'이라고 대답했다. 1시간이 흘렀다. 우리는 아까보다 말수가 줄어들었고, 30분 전에 '곧!'이라고 말한 사람들에게 따져 묻고 싶어졌다. 입에서 헉헉 소리가 절로 새어 나오고, 급격한 피로감이 몰려오기 시작했다. 이를 악물고 걸으면서 주변 사람들에게 또 물었다. 마치 우리를 놀려먹기로 작정한 사람들처럼, 이번에도 같은 대답이 돌아왔다. '곧!'

2시간째 걸었다. 그쯤 되자 욕을 뱉어낼 힘도 없어졌다. 우리의 잠옷 같은 옷은 땀으로 흠뻑 젖었고, 가벼운 슬리퍼는 자꾸만 벗겨졌다. 나는 마지막 힘을 끌어모아 옆에서 걷던 필리핀 여성에게 물었다.

"도대체 행사장은 어디죠? '곧!'이라고 대답하지 말고, 솔직히 알려줘요! 얼마나 더 가야 하냐고요!"

예쁘게 생긴 필리핀 여성이 천사 같은 미소를 흘리며 대답했다.

"곧!"

우리 넷은 우뚝 멈춰서서 대열 밖으로 나왔다.

"이러다가 우리 죽을지도 몰라."

내가 앓는 소리를 냈다.

"그래! 이만 하숙집으로 돌아가자!"

기진맥진한 셋이 동시에 말했다. 언덕을 오르는 행렬과 어깨를 부딪쳐가며 우린 곧장 언덕을 내려가기 시작했다. 그런데 올라갈 때 자꾸 벗겨지던 내 슬리퍼가 내려갈 땐 발가락 사이를 파고들었다. 온몸의 신경이 발가락으로 쏠린 채, 캄캄한 어둠 속을 끝도 없이 내려오던 시간! '시간과 공간이 흐르지 않고 딱 멈춰 선 게 아닐까?'라는 생각을 끝도 없이 했다. 힘들게 언덕을 다 내려와 드디어 버스에 올랐다. 출발했을 때의 기대감은 감쪽 같이 사라지고, 우리는 다크서클을 길게 늘이고 서로 눈이 마주칠 때마다 피식피식 웃어댔다.

한참 후, 난데없이 버스 창으로 햇살이 쏟아져 들어왔다.
 "헉! 지금 해 뜨는 거야?"
믿을 수 없다는 목소리로 내가 외쳤다. 그 순간, 한숨도 못 자고, 밤새 걷기만 하다가 새벽 버스를 탄 우리 몰골이 눈에 들어왔다. 잠옷 비슷한 옷이 땀으로 얼룩져 있었고, 머리는 잔뜩 헝클어졌으며, 얼굴은 피곤에 절어서 흡사 '난민' 같은 모습이었다. 게다가 버스가 정차할 때마다 깔끔하게 차려입은 회사원들이 우리를 신기한 눈으로 쳐다보기 시작했다. 너무 부끄러워진 우리는 고개를 푹 숙이고 아무 말도 하지 않았다.

 :

주머니에 있던 10달러로 남자는 토마토 한 상자를 샀다. 그리고 집마다 다니며 토마토를 팔아 20달러를 벌었다. 이후

같은 방식으로 돈을 불려, 수레와 트럭을 구입하고, 결국엔 커다란 식품 도매업체 사장이 되었다. 하루는 그가 보험 가입을 위해 보험사 직원을 만났다. 이메일 주소를 묻는 보험사 직원에게 그가 말했다.

"나는 이메일이 없소."

깜짝 놀란 얼굴로 보험사 직원이 이렇게 말했다.

"이메일도 없는데 이렇게까지 성공하셨군요. 만약 이메일이 있었다면 지금쯤 무엇이 되어 있을지 상상이나 하시겠습니까?"

남자의 대답은 무엇이었을까?

"어느 회사의 잡무를 보는 사람이 되어있겠지요."

어렸을 때, 나는 잡다한 경험을 참 많이도 했다. 물론 그 중엔 즐거운 경험들도 많았지만, 힘들고 고통스러운 순간들이 더 많았다. 부정적인 경험을 할 때마다 나는 늘 이렇게 불평을 늘어놓곤 했다.

"쓸모없는 불운들 같으니! 내 삶에 왜 자꾸 이런 일들이 생기는 거야?"

그날 부활절 행사를 보려고 밤새 걸었던 일도 당시엔 그저 '불운'에 불과했다. 하지만 그날의 이야기는 잊지 못할 추억이 되었다. 불운이 행운이 되고, 행운이 불운이 되는 일들을 수없이 경험하고 보니 요즘 이런 생각을 하게 되었다.

'미래의 추억을 위해, 또다시 무모해져야겠어! 지금 당장 좋은지 나쁜지 알 수 있는 일은 없으니까! 일단 해보고 성공하면 좋고, 실패하면 추억으로 남기지 뭐!'

#02,

너의
이야기가
흐른다

그날도 은미 할머니가 학교 운동장으로 달려왔다. 누군가 은미에게 꿀밤을 먹인 탓이었다. 올백으로 빗어넘겨 머리망으로 단단히 고정한 할머니 머리가 이쪽저쪽으로 움직였다. 그러는 동안 투명한 레이더가 할머니 머리꼭지에서 쑤욱 솟아났다. 레이더를 눈치챈 남자아이들은 일제히 얼음처럼 멈춰 섰다. 남자아이 하나가 운동장을 가로질러 교실 쪽으로 줄행랑을 치고 있었다. 은미 머리통에 꿀밤을 먹인 범인이 틀림없었다.

사냥감을 포착한 할머니는 달리기 전에 나오는 특이한 버릇, 목을 획 한번 꺾는 동작을 하고선 치타처럼 달려갔다. 그리고 늘 그렇듯 채 1분도 되지 않아 사냥감을 포획하는 데 성공했다. 장난으로 은미에게 꿀밤을 날리던 손이 기도하듯 반듯하게 모였다. 그리곤 파리 마냥 두 손을 비벼댔다. 금방이라도 눈물을 터트릴 것 같은 얼굴로 어찌나 열심히 비벼대던지. 그 앞에서 할머니는 어깨를 쫙 펴고, 허리에 손을 척 올린 자세로 녀석을 엄하게 꾸짖었다.

"다음에 우리 은미를 또 괴롭히면 그땐 더 혼쭐이 날 줄
알아! 알았어, 몰랐어!"

발길을 멈추고 그 모습을 구경하던 아이들이라면 누구나 나
같은 생각을 했을 것이다. '운동장 한쪽 구석에 서 있는 이
순신 장군보다 은미 할머니가 훨씬 늠름해 보인다'고. 한편
멀찍이 떨어져 그 모습을 지켜보던 은미는 의기양양하게 남
자아이들 쪽으로 시선을 획 던졌다. 자기에게 꿀밤을 먹이
면 파리 신세가 될 거라는 무언의 경고였다. 은미 할머니가
학교에 나타날 때마다 나와 유정이는 은미가 마냥 부러웠
다. 저런 무서운 할머니만 있다면, 우리를 괴롭히던 남자아
이들을 모조리 파리로 만들 수 있을 것 같아서였다.

하루는 나와 유정이, 은미, 이렇게 셋이서 운동장 한구석에
서 땅을 파며 놀았다. 푸념 섞인 목소리로 내가 말했다.

"우리 엄마, 아빠는 우리만 남겨두고 고향으로 가버렸어.
다른 친구들처럼 엄마, 아빠랑 살면 얼마나 좋을까? 거기
다가 은미 할머니 같은 할머니까지 있으면 세상에 부러
울 게 하나도 없을 것 같아."

내 말에 은미가 희미하게 웃었다. 유정이는 말없이 땅만 팠
다. 그러다 잠시 후, 유정이가 작은 목소리로 말했다.

"난 아빠가 없는데…"

"어디 돈 벌러 가셨어? 지혜네 아빠처럼 미국에 가신 거

야?"

내가 진지하게 물었다. 땅을 파던 유정이 손이 뚝 멈췄다. 하늘을 빨갛게 물들이는 노을 물이 유정이 머리 위로 뚝뚝 떨어질 것만 같았다.

"돌아가셨어…"

유정이가 다시 고개를 숙여 땅을 파기 시작했다. 나랑 은미는 빨간빛이 내려앉은 유정이 머리꼭지만 쳐다보고 있었다. 한참 땅을 파던 은미가 입을 열었다.

"난 할머니랑 사는데…"

"너희 할머니 모르는 애도 있어? 은미 할머니 하면 전교생이 다 알걸? 근데 은미 너희 엄마, 아빠 엄청 바쁘신 가 보다. 늘 할머니랑 다니잖아."

"그게 아니라…"

할머니 옆에서 늘 고개를 빳빳하게 들고 있던 은미가 웬일인지 그 순간만큼은 살짝 주눅이 든 것 같았다.

"우리 엄마, 아빠 이혼했어…근데 둘 다 날 데려가지 않 겠대. 그래서 할머니랑 사는 거야."

어느새 노을빛을 밀어낸 어둠이 하늘을 반쯤 삼켜버렸다. 우리는 또 말이 없었다. 멍하니 은미를 바라보는 내 머릿속은 연신 분주하게 움직였다. '부모님과 떨어져 사는 아이, 아빠가 돌아가신 아이, 부모님이 이혼한 아이, 우리 셋 중 가장 나은 아이는 누구일까?' 하늘에서 노을빛이 자취를 감출 때까지 우리는 지겹게 땅을 파고 또 팠다. 땅속에서 우리를 구원해줄 무언가를 찾기라도 하겠다는 듯, 그렇게 열심히 팠다. 하지만 끝내 우리를 기쁘게 해줄 보물도, 구원의 손길도 찾지 못했다.

어른이 된 후, 그날의 우리를 생각할 때마다 어딘가에서 들은 '보따리 이야기'가 함께 떠오른다.

삶의 고통이 너무 크다며 누군가와 삶을 바꾸고 싶다던 남자가 있었다. 어느 날, 마을 사람들이 각자의 삶을 보따리에 싸서 한자리에 모였다. 신이 난 남자는 자신의 보따리보다 크고 무거운 보따리는 없을 거라 자신했다. 그런데 사람들이 바닥에 내려놓는 보따리들을 보며 남자는 흠칫 놀라고 말았다. 세상에 자신보다 힘들고, 슬픈 사람들이 너무 많아서였다.

한참 만에 가벼운 보따리를 발견한 남자는 그 앞에서 잠시 망설였다. 하지만 끝내 본래 자기 보따리를 선택하고 돌아섰다. 다른 사람의 보따리에 무엇이 들었는지 알 수 없었기 때문이다.

세상에 은은한 노을빛이 넘실대던 순간, 운동장에서 땅을 파던 우리는 각자의 보따리 무게에 짓눌려 조금 서글펐던 것 같다. 그때 누군가 서로의 인생을 바꾸겠냐고 물었다면, 과연 뭐라고 대답했을까? 모르긴 몰라도 선뜻 그러겠다고 대답하진 않았을 것 같다. 최소한 내 보따리에는 무엇이 들었는지 알고 있었으니까. 게다가 그 보따리를 기꺼이 보듬어줄 사람이 나라는 것도 잘 알고 있었으니까.

조금 가벼워도, 조금 무거워도, '그냥 내 보따리다' 여기면 삶의 무게도 그런대로 견딜 만하다. 그리고 그 마음으로 각자의 보따리를 보듬고 살아가는 게 바로 인생이지 않을까?

누군가 서로의 인생을 바꾸겠냐고 물었다면, 과연 뭐라고 대답했을까? 선뜻 그러겠다고 대답하진 않았을 것 같다. 최소한 내 보따리에는 무엇이 들었는지 알고 있었으니까. 게다가 그 보따리를 기꺼이 보듬어줄 사람이 나라는 것도 잘 알고 있었으니까.

절대로

엄마가 인부 아저씨에게 하얀 돈 봉투를 건넸다. 집을 지을 당시, 그렇게 며칠에 한 번씩 건네는 봉투에, 아저씨는 해갈할 물 한잔을 받아든 듯 얼굴을 환히 밝혔다. 온몸에 흙먼지를 뽀얗게 뒤집어쓰고, 본래 색을 잃은 지친 신발을 신은 아저씨를 볼 때마다 나는 이상하게 마음이 불편해졌다. 그리고 주춤거리는 손을 내밀어 따끈한 돈 봉투를 받는 순간, 아저씨 얼굴에 떠오르던 묘한 표정을 잊을 수 없다. 입술에 침을 두어 번 묻힌 아저씨는 늘 몸을 반쯤 틀어 돌아섰다. 마치 엄마가 봉투를 채어갈 것을 막겠다는 듯, 한쪽 어깨를 세워 경계를 늦추지 않았다. 그리곤 어깨를 잔뜩 옹송그리고 입으로 그 소리를 냈다.

"퉤! 퉤!"

손바닥도 아닌 손끝에 침을 묻히면서 어쩜 저리 경박한 소리를 내는가 싶어 나는 숨도 안 쉬고 쳐다봤었다. 곧이어 봉투 입이 열리고, 아저씨 신발만큼이나 지친 얼굴의 지폐들이 밖으로 빼꼼 고개를 내밀었다. 그럼 아저씨는 봉투 밖으로 반쯤 나온 지폐들을 침의 끈적함에 의지해 집요하게 한 장씩 세어나갔다. 지폐의 순번 정하기가 다 끝나면, 아저씨는 또다시 손끝에 침을 묻혀 처음부터 다시 셌다. 한참을 그렇게 침 묻히기와 순번 정하기를 하고 나면 티끌만 한 의심조차 없다는 얼굴로 날카로운 어깨를 거두어들였다. 그리고 덥수룩한 수염을 매만지며 엄마에게 어색한 웃음을 보였다. 그 일그러진 웃음도 누런 이빨도, 돈 봉투에 시선을 맞추던 동작도 어느 것 하나 '경박스러움'에서 자유로운 건 없었다. 그런데 그 중, 내가 가장 싫었던 건 어깨를 웅크리고 돈을 세던 아저씨의 뒷모습이었다. '나는 절대로 저러지 말아야지!' 아저씨의 삐죽삐죽 수염이 씰룩이는 입매를 따라 도드라질 때마다, 나는 그 다짐을 반복했었다. 그러다 마지막엔 일렁이는 달무리처럼 그 말만 남곤 했다. '절대로! 절대로!'

내가 관리 교사 아르바이트를 시작하고 한 달이 지났을 때였다. 지사장이 하얀 봉투를 건네며 내 어깨를 두드렸다. 나는 든든한 봉투를 내려다보며 꾸뻑 인사를 하고 돌아섰다. 그때, 한 선생님이 물었다.

"혹시 금액 확인했어요? 얼른 확인해봐요!"

어느새 다른 선생님들도 나를 재촉하듯 쳐다보고 있었다. 나는 그들의 시선을 피할 요량으로 몸을 척 돌려 등으로 봉투를 가렸다. 그리곤 손끝으로 한 장씩 넘기기 시작했다. 건

조한 손끝에서 지폐가 미끄러질 때마다 나도 모르게 침을 날름 묻혀 열성적으로 세어나갔다. 마지막까지 다 세고 나니, 확실히 금액이 부족했다. 손끝에 더 많은 침을 묻혀 두어 번 세어보았지만, 부족한 건 마찬가지였다. 학생당 단가를 높게 쳐 줄 것처럼 지사장이 말을 흘렸던 게 한두 번이 아닌 모양이었다. 나마저 속은 게 드러나자, 선생님들은 일제히 입을 모아 욕하기 시작했다. 그런데 그 순간, 나는 지사장의 비열함보다 그 옛날 인부 아저씨의 돈 세던 모습을 내가 똑같이 재현했다는 사실이 더 싫어져서 어깨를 들썩였다. '절대로' 그러지 않겠노라 했던 다짐이 바람에 실려 맥없이 날아간 것만 같았다.

영어학원에서 일할 당시, 하루는 KFC 할아버지 같은 백발의 노신사가 일일 원어민 선생님으로 왔다. 내가 반갑게 인사하자, 그가 목소리를 낮춰 내게 물었다.
"오늘 일당은 얼마죠?"
진지한 얼굴로 돈 이야기부터 꺼내는 게 신기해 나는 멀뚱히 그를 쳐다보고 있었다. 그리고는 냉랭하게 한 마디 툭 내뱉었다.
"그건 원장님한테 물어보세요."
그의 하얀 눈썹이 아쉬움과 함께 척 내려앉았다. 잠시 후, 수업이 시작되자 그는 시계만 흘끔거릴 뿐 전혀 열의를 발휘하지 않았다. 덩달아 지루해진 아이들은 하품만 쩍쩍해댔고, 보조교사로 옆에 서 있던 나는 슬슬 짜증이 났다.

"이걸로 놀이를 하시면 어떨까요? 조금 더 적극적으로
해주시면 좋겠어요. 아이들에게 질문을 좀 해주세요."

나는 가능한 한 친절하게 이런저런 요구를 하며 쓴웃음을
지었다. 하지만 그럼에도 불구하고 그는 마치 염력으로 시
곗바늘을 돌리겠다는 듯 시계만 뚫어져라 쳐다봤다. 마침내
그의 무기력한 수업이 모두 끝났다. 별다른 노력도 없이 돈
을 받는 그가 마음에 안 들어 내가 끙, 소리를 내며 봉투를
건넸다. 그러자 그가 처음으로 햇살처럼 웃었다. 그는 몸을
척 돌려 돈을 세기 시작했다. 손끝에 침을 묻히는 것도, 두
어 번 다시 세는 것도, 어깨를 옹송그린 것도, 그 옛날 인부
아저씨와 똑같았다. 어쩐 일인지 그 모습이 이제는 경박스
러워 보이지 않았다. 아니 오히려 좀 짠한 마음이 들어, 내
눈매에서 스르르 힘이 빠졌다.

"어머 어머, 저 사람 없어 보이게 뭐하는 거래요? 지금
돈 세고 있는 거 맞죠? 너무 없어 보이잖아요. 난 '절대
로' 저렇게 없어 보이는 짓은 안 해요!"

한 선생님이 귓속말했다. '절대로!' 낯설지 않은 말이었다.
그 옛날처럼 일렁이는 달무리가 되어 '절대로'가 내 속에 퍼
져 나갔다.

'절대로'라는 말이 줄어들면, 나이를 먹었다는 증거라는 글
을 읽은 적이 있다.

"절대로 그런 일은 안 할 거야."

"절대로 그런 사람은 안 만날 거야."

"절대로 엄마처럼은 안 살 거야."

그 옛날 내가 입버릇처럼 했던 말들이다. 그런데 이제 '절대로'라고 말할라치면 절로 입술이 딱딱하게 굳어버린다. 과연 살면서 '절대로'라고 확신할 수 있는 일들이 얼마나 될까?

이제 나는 절대로 대신, '아마', '혹시' '그럴 수도'라는 여백 있는 말들과 더 친하게 지낸다. 예전에 내가 확신했던 것들이 여백의 부재로 현실이 되어버린 탓이다. 현실의 부서진 파편들을 확인하며 비로소 깨달았다. '절대로'와 함께 했던 확신과 단언을 이제 놓아주어야 한다는 걸.

널따란 호수를 따라 느릿느릿 걷고 있었다. 머리 위로 연 하나가 날아올랐다. 선명한 파란색이 하늘빛에 겹쳐져 눈이 개운해졌다. 길게 늘어진 줄을 따라 내 시선이 미끄러졌다. 작고 재빠른 가오리연과 꼭 닮은 남자아이가 얼레를 잡고 웃음을 터트렸다. 그 옆에 선 아이의 아빠가 또 다른 연을 훅 불어온 바람에 실어 올렸다. 이번엔 단단하고 튼튼해 보이는 방패연이었다.

"아빠! 내 연이 훨씬 높이 날아. 아빠 연은 절대 못 쫓아올걸?"

가오리연을 바람에 실어 올린 것도 아빠일 텐데, 아이는 의기양양하게 얼레를 잡고선 아빠를 놀려댔다.

"두고 봐! 잠시 후에도 그렇게 말할 수 있나 보자!"

승부 욕이 발동한 탓인지 아빠 눈매가 단단해졌다. 바람이 훅 불어올 때마다 방패연은 기세를 더해 점점 높아졌다. 그럴수록 초조해진 아이가 아빠를 흘깃흘깃 쳐다보며 마른침을 삼켰다. 가오리연이 바람 한 줄기에도 촐싹거리며 몸을 흔들어대는 동안, 방패연은 느리지만 차분하게 다음 바람을 기다렸다. 그렇게 인내심을 발휘한 덕분에 결국 가오리연 곁으로 날아오르는 데 성공했다. 아빠는 환호성을, 아들은 한숨을 동시에 뱉어냈다. 내 것도 아니면서 괜스레 방패연이 자랑스러워진 나는 생긋 웃음을 흘렸다. 그리곤 선명한 파란색을 눈에 담고 싶어 한참을 서 있었다.

초등학생 때, 방학 숙제를 열심히 한 아이에게 주는 상을 나는 번번이 놓치곤 했다. 열심히 하지 않은 탓이냐 하면 그건 아니었다. 2학년 때는 방학 숙제용 책이 닫히지 않을 정도로 보고서를 붙여서, 그야말로 숙제의 끝판왕을 보여주려 노력했었다. 그런데 개학 날, 학교에 가니 짝꿍이 수수깡으로 만든 멋들어진 집을 자랑스레 들어 올렸다. 알록달록 얼마나 예쁘던지, 당장 들어가서 살고 싶은 마음이 들 정도였다. 결국 짝꿍이 방학 숙제 상을 받았고, 나는 닫히지도 않는 방학 숙제 책을 가방에 쑤셔 넣으며 눈물을 흘리고 말았다. 그러니 3학년 여름방학에는 수수깡 집보다 근사한 뭔가를 만들어야 했다. 하지만 잡다한 재료들로 손을 움직여봐도 수수깡 집에 비해선 형편없어 보였다. 이제 남은 선택은 하나뿐이었다.
"아빠! 방학 숙제 좀 도와주세요!"
두 주먹을 꼭 쥐고 진지한 얼굴로 내가 말했다.

"숙제? 숙제는 너 스스로 해야지. 부모가 도와주면 반칙이야!"

내 마음도 모르고 아빠가 답답한 소리를 했다.

"그건 알아요! 하지만 이번엔 꼭 상을 받고 싶다고요. 그리고 아빠가 만들 때 내가 적극적으로 도울게요. 그럼 우리 둘이 같이 만드는 거잖아요. 그건 반칙이 아니라고요!"

꽤 설득력이 있었던지 아빠가 잠시 생각하더니 고개를 끄덕였다.

"뭘 만들건대?"

"그건 아직 몰라요. 하지만 뭐든지 커~다란 거요. 수수깡 집보다 훨씬 커야 해요."

두 손을 있는 대로 옆으로 늘리며 내가 대답했다. 아빠는 도통 알 수 없다는 듯 눈알만 굴릴 뿐 말이 없었다.

인내심이 부족한 나는 매일 매일 아빠에게 물었다.

"커다란 거 생각났어요?"

그럼 그때마다 아빠는 별로 중요하지 않다는 얼굴로 똑같은 대답만 했다.

"아니!"

개학 날짜는 점점 다가오고, 나의 커~다란 무언가는 시작도 못 한 채였다. 나는 끙끙 앓기 시작했고, 그럴수록 무심한 아빠가 미워서 자꾸만 눈을 흘겼다.

그런데 개학 전날, 아빠가 커다란 대나무를 들고 집에 왔다.

"이걸로 뭘 만들건대요?"

"방패연!"

그 한마디를 듣자마자 아빠의 키가 두 배쯤 쑥 커지는 것만 같았다. 그렇게 시작된 아빠의 연 만들기는 3~4시간 동안 줄기차게 이어졌다. 커다란 손으로 능숙하게 대나무를 쪼개고, 다듬고 하는 모습을 구경하느라 나는 웬만해선 참지 못하는 '꼬르륵' 소리도 무시할 수 있었다. 그리고 아빠 옆에 딱 달라붙어 필요한 도구를 건네주는 '보조' 역할을 제법 잘 해냈다. 완성된 방패연은 앉아 있던 내 몸을 다 가릴 만큼 커다랗고 듬직했다. 나는 너무 좋아 아빠 목에 대롱대롱 매달려 뽀뽀 세례를 퍼부었다.

"근데 흰색이라 너무 심심한가? 태극 문양이라도 하나 그려줄까?"

아빠가 물감으로 태극 문양 하나를 뚝딱 새겨넣었다. 나는 너무 좋아서 아빠 주변을 폴짝폴짝 뛰어다녔다. 그때 빼꼼 고개를 내민 언니들이 방패연을 만져보려고 조심성 없이 다가왔다.

"함부로 만지지 마! 내 거란 말이야!"

행여나 부서지거나 찢어질까 봐 걱정이 된 나는 언니들의 밉살스러운 손등을 찰싹찰싹 때려줬다.

다음 날 등굣길, 내 어깨를 다 가리고도 남을 커다란 방패연을 손에 들고 집을 나섰다. 자랑스럽다는 말에는 다 담기지 않는 '뿌듯함'이 내 속에 꽉 들어찼다. 그렇게 커다란 방패연은 처음 본다며 학교 가던 아이들이 순식간에 구름떼처럼 내 곁에 달라붙었다. 그럴수록 내 어깨가 쫙 펴지고, 고개는 꺾어질 듯 빳빳하게 위로 솟았다. 웅성거리는 구름 떼를 거닐고 드디어 교실에 도착했다. 반 친구들도 내 방패연에 '우와!'하며 탄성을 쏟아냈다.

결국, 방패연 덕분에 꿈에도 그리던 방학 숙제 상을 거머쥐게 되었다. 사실 상을 받은 것보다, 아빠를 자랑스러워하게 된 점이 더 큰 수확이라면 수확이었다. 투박한 손으로 대나무를 갈라서 활처럼 살짝 기울이던 아빠의 손놀림을 나는 아직도 생생히 기억한다. 그 몰입의 시간 동안 꼼짝하지 않고 지켜보던 나의 열정도 기억한다. 뜨거운 몰입이 귀하다는 걸 그때 처음으로 알게 된 덕분에 나는 지금도 종종 몰입의 즐거움을 느끼며 산다.

아이의 가오리연이 날쌘돌이처럼 방패연에게 달려들었다. 커다란 덩치에 걸맞게 동요하지 않는 방패연은 가오리연의 재롱을 구경하듯 덤덤했다. 휘리리릭! 날카로운 바람이 몇 차례 휘몰아친 후였다. 날쌘 동작으로 또 춤을 추나 싶었는데, 어느새 가오리연이 훨훨 날아가 버렸다. 그 와중에 굼뜬 방패연은 제 자리를 유유히 비행 중이었다. 아이가 서럽게 울음을 터트렸다. 아빠는 껄껄껄 웃으며 방패연 얼레를 아이 손에 쥐여 주었다. 그러자 아이의 울음소리가 뚝 그쳤다.

그 옛날, 커다란 방패연을 만들어 내 손에 쥐여 주던 우리 아빠처럼, 아이의 아빠도 한없이 흐뭇한 얼굴이었다.

'아이들이 썰룩썰룩 가오리연처럼 까불어도, 아빠들은 느긋느긋 방패연처럼 품어주겠지. 그리고 아이 손에 방패연을 꼭 쥐여 주며 껄껄껄 웃겠지.'

하늘에서 천천히 움직이는 방패연을 볼 때마다 나는 '아빠'와 '몰입'; 이 두 단어를 떠올린다. 그리고 설레는 마음으로 오랫동안 방패연의 비행을 구경하곤 한다.

전날 시댁에 다녀온 탓인지 지인의 다크서클이 힘없이 푹
내려앉아 있었다.

"시간이 갈수록 우리 시어머니 완전 아기가 되는 것 같
아."

평소 한없이 인자한 시어머니란 소리를 귀 따갑게 들었던
탓에 나는 선뜻 이해되지 않았다.

"그렇게 강인하시던 분이 아들한테 서운하다며 날 잡고
막 우시는 거 있지? 어디 그뿐이야? 발목 살짝 삐끗하신
거로 나한테 수시로 전화해서 아기처럼 징징대기까지 하
셔."

지인이 어깨를 축 늘어뜨리며 말했다.

"어머, 혹시 많이 아프신 건 아닐까요?"

"병원에 모시고 갔는데, 치료할 정도도 아니래. 어휴."

"그럼 달리 해 드릴 게 없겠군요."

"내 말이 바로 그 말이야. 아기가 따로 없다니까! 주변에

물어보니까 다른 집도 마찬가지래. 나이 들수록 아기가
되는 거 말이야."

순간 돌아가신 우리 할머니 얼굴이 스쳐 지나갔다. 너무 작
고 야위어서 늘 안쓰러워 보이던 얼굴! 우리 사 남매가 할머
니 얼굴을 뵈러 가는 건, 1년에 고작 한두 번이 다였다. 그런
데 그때마다 할머니는 그렇게 반가워할 수가 없었다.
"잘 지냈어? 어디 아픈 데는 없고?"
할머니는 쪼글쪼글한 손으로 우리 손과 볼을 어루만지며 싱
글벙글 웃었다. 그리고 눈에 꼭꼭 눌러 담겠다는 듯 우리 얼
굴을 열성적으로 쳐다보곤 했다. 그런 다음엔 경건한 의식
이라도 치르는 듯, 복주머니를 뒤적거렸다.
"내가 딱히 줄 게 뭐가 있겠어. 자, 이거 하나씩 받아."
꼬깃꼬깃한 지폐를 떨리는 손으로 우리에게 건넬 때면 할머
니 굽은 어깨가 살짝 펴지곤 했다. 늘 그렇듯 복주머니 다음
순서는 우리의 '사양 연기'였다. 큰언니가 손사래를 치며 뻗
어 나온 할머니 팔을 접어 넣으려 하면, 우리는 옆에서 빙그
레 웃고만 있었다.
"제발 좀 받아! 이 늙은이가 돈이 왜 필요하겠어. 손주들
오면 용돈 줄려고 모아둔 거야. 그러니까 제발 좀 받아!"
이빨 하나 남지 않은 할머니 입에서 '제발'이라는 단어가 굴
러 나오면, 큰언니 손에서 힘이 스르르 빠져나갔다. 마지못
해 받아든 지폐는 언제 복주머니에 담겼는지도 모를 만큼

단단히 접혀 있었다. 복주머니 순서가 끝나고 나면, 우린 서로에게 더 물을 말이 없어 희미한 웃음만 건넬 뿐이었다. 그렇게 눈만 끔뻑이다 큰언니가 할머니 팔을 문지르며, '할머니'하고 부르면, 나는 무릎 하나를 세워 일어날 준비를 하곤 했다. 눈물이 고인 할머니 눈을 들여다볼 때마다 큰언니 눈도 새빨개졌다. 큰집을 나서는 길, 마음 무게만큼이나 무거운 얼굴을 하고선 큰언니가 눈물을 훔쳤다.

"할머니 그사이 또 많이 늙으셨네."

무심결에 새어 나온 한마디가 할머니의 생체시계를 보여주는 듯 쓸쓸하게 느껴졌다.

그런데 엄마와 아빠가 할머니와 같은 동네에 살기 시작했을 때부터 문제가 생겼다. 한마디로 할머니가 막내며느리인 우리 엄마에게 뒤늦은 시집살이를 시키는 게 원인이었다. 바뀐 환경에 더해, 시댁 스트레스까지 받게 된 엄마는 종종 앓는 소리를 냈다. 처음에 나는 그 이야기를 듣고 도통 이해가 되지 않았다. 그렇게 순한 눈매에 이빨 하나 없는 우리 할머니가 인자함을 버리고 사나운 시집살이라니, 사업 실패로 어깨가 내려 앉다시피 한 막내아들 내외를 품어주기는커녕 괴롭히다니.

한 번씩 엄마에게 갈 때마다 엄마 입에서 할머니에 대한 불만이 쏟아져 나왔다. 시어머니가 어린애처럼 떼를 쓰며 본인을 괴롭힌다고, 그 때문에 화병이 생길 것 같다고. 엄마의 푸석한 얼굴을 볼수록 할머니 앞에서 피워 올리던 내 웃음 꽃은 시들어갔다.

내 속을 아는지 모르는지, 할머니는 내내 우리만 기다린 사람처럼 팔을 파닥이며 우릴 반겼다. 그리고 내 얼굴을 자꾸만 쓰다듬었다. 일부러 시선을 멀리 던지며 내 마음을 들키지 않으려 부단히 애쓰던 그 시간이 내게는 좀 버겁게 느껴졌었다. 그러다 쪼글거리는 할머니 눈과 딱 마주치기라도 하면, 입안 가득 들어찬 질문들이 쏟아져 나올까 내심 겁이 나기도 했었다.

'우리 엄마를 왜 괴롭히시는 거예요?'

'우리는 이렇게 반가워하시면서, 우리 엄마에게는 왜 차가우신 건가요?'

'이렇게 인자한 얼굴을 우리 엄마에게도 보여주시면 안 될까요?'

행여나 질문이 불쑥 발사될까 겁이 났던 나는 입술을 안으로 쏙 말아 넣고 돌아갈 시간만 기다렸다.

"할머니, 자주 찾아뵙지 못해 죄송해요."

연민의 정이 넘치는 큰언니는 앙상한 할머니 손을 잡고 눈을 맞췄다. '큰언니는 벌써 잊은 걸까? 엄마가 얼마나 힘들어하는지를.' 빨갛게 달아오른 눈을 할머니에게 고정한 큰언니가 나는 괜스레 미워졌다.

"내 정신 좀 봐. 우리 강아지들 내가 용돈 줘야지."

복주머니 순서였다. .

"감사합니다."

건성으로 내뱉은 내 말이 할머니 방 어딘가에 둥둥 떠다녔다. 지루하고 형식적인 안부 인사가 오고 가는 동안, 나는 억울함에 드러누운 엄마 생각을 떨칠 수가 없었다.

"할머니!"

큰언니의 신호에 맞춰 나는 무릎 하나를 세웠다.

그때였다. 주름이 빼곡히 들어찬 할머니 눈매가 세모로 변하더니 커다란 눈물방울을 툭 뱉어내는 것이 아닌가! 그저 눈시울을 붉히는 정도로 작별을 고하던 여느 때와 달리 그날은 뭐가 그리 서러운지 눈물까지 쏟고 만 할머니였다. 혼자 뜨끔해진 나는 침을 꼴깍 삼키고 가만히 있었다.

"아이고! 우리 할머니! 울지 마세요! 늘 건강하셔야죠.
또 올게요."

큰언니가 할머니 굽은 등을 '아기' 만지듯 쓰다듬었다. 그러자 언제 그랬냐는 듯 할머니가 뚝, 울음을 멈추고 고개를 주억거렸다. 마치 엄마 혼자 시장에 갈 때마다 내가 눈물로 호소했던 것처럼, 할머니도 일종의 '분리불안'을 겪고 있었는지도 모른다. 너무 빨리 달리는 할머니 생체시계가 느껴질 때마다, 누구라도 붙잡고 하소연하고 싶었던 게 아닐까? 그리고 당시 가장 만만한 상대가 막내며느리였던 건 아닐까?

할머니는 '아기'였다. 누구든 반가운 얼굴을 보면 또로록 눈물을 흘리던 '아기', 사랑을 달라고 떼쓰던 '아기', 그러면서 꾸깃꾸깃 쌈짓돈을 손주들에게 나눠주고 달님처럼 웃던 '아

기'

지인의 시어머니 이야기를 듣다가 나는 처음으로 우리 할머니에 관해 생각했다. 외롭고 쓸쓸한 '뒷방 늙은이'라고 스스로를 명명하시던 인자한 할머니는 '사람'이, 그리고 '사랑'이 그리웠던 것 같다. 그때는 내가 너무 어려서 심리적으로 엄마 곁에 바짝 붙어있었던 탓에 할머니를 원망하는 마음이 한없이 컸다.

그런데 이제 와서 다시금 눈물을 뚝뚝 흘리던 할머니 모습을 떠올리니, 괜스레 짠한 마음이 들고 말았다. 아기였다가 소녀였다가 아가씨였다가 할머니가 된 사람. 그러다 다시 '아기'가 되어 삶을 마무리하고 있었던 사람. 자식들에게 받은 지폐를 곱게 접어 복주머니에 넣으며, 드물게 오는 손주들을 기다리고 또 기다렸던 사람.

그 옛날 커다란 눈물방울을 톡 떨구던 할머니가 그리워지는 날이다.

약속 시간에 맞춰 커피숍 앞에 도착했다. 친구는 아직 보이
지 않았다.

"오는 중이야? 어디쯤인데? 안 보여. 어디에 서 있는데?"

"커피숍 안…"

"밖에서 만나기로 했는데, 거긴 왜 들어간 거야? 얼른 나
　와!"

내가 목소리를 높였다. 그런데 무슨 이유에선지 친구는 선
뜻 대답하지 않고 가만히 있었다. 그때, 낯선 소리가 수화기
를 타고 들려왔다. 이상하다 싶어 내가 고개를 갸웃거렸다.

"너 다른 사람이랑 같이 있어?"

"응… 일단 안으로 들어올래?"

작은 목소리를 더 작게 만들어 친구가 속삭였다. 속이 답답
해진 나는 얼른 안으로 들어섰다. 날 발견한 친구가 손을 번
쩍 들어 올렸다. 그런데 이상하게 처음 보는 여자 둘이 맞
은 편에 앉아있었다. 나는 한껏 의심스러운 눈빛으로 천천

히 다가갔다. 두 여자의 시선이 화살처럼 날아왔다. 오른쪽 여자는 볼이 축 늘어진 '불도그'같은 얼굴이었다. 그에 반해 왼쪽 여자는 작은 체구에 입매가 뾰족해서 꼭 '참새' 같았다.

"저희는 복을 전하는…"

참새가 경쾌한 목소리로 말을 시작했다. '복'이라는 단어로 모든 것을 알아챈 나는 '풋'하고 웃어버렸다. 불도그의 볼이 움찔, 불편한 기색을 드러냈다.

"일단 하던 이야기는 마무리 할게요. 집안에 억울하게 돌아가신 조상이 계시기 때문에…"

불도그가 눈을 게슴츠레하게 뜨고 줄줄 읊어대는 모습이 우스꽝스러워, 이번에도 내가 '풋'하고 웃었다. 엉덩이를 살짝 들어 올리며 참새가 '너무 한 거 아닌가요?'라는 눈빛을 내게 던졌다. 나는 소파에 털썩 내려앉아 친구를 재촉했다. 눈치를 보니, 내가 오기 전, 친구의 팔랑귀가 쉴새 없이 팔랑댔던 게 틀림없었다. 불도그와 참새의 빨갛게 익은 볼만 봐도 알 수 있었다. 얼마나 열정적으로 설득하려 했는지를.

"조상신의 한을 풀어주는 '간단한' 정성을 보여 주기만 하면…"

"제사요?"

내가 톡 쏘듯 물었다. 고개를 주억거리며 참새가 아랫입술을 살짝 깨무는 게 보였다. 불도그도 입맛을 다시며 날 향해 적의를 드러냈다.

"아휴! 왜 이렇게 머리랑 어깨가 아프지? 이분이 커피숍
에 들어선 순간부터 아프기 시작하더니, 지금은 참을 수
없을 정도네."

갑자기 불도그가 고개를 파묻으며 어깨를 두드렸다. 그러자
조금 전까지 친구 쪽으로 기울었던 참새의 몸이 살짝 방향
을 틀어 나를 향했다.

"집안 어른 중에 암으로 돌아가신 분이 계시는군요!"

정신없이 어깨를 두드리며 불도그가 물었다. 어이가 없어
웃음이 삐져나오려는 걸 꾹 참았다. 그리고 일부러 눈매를
늘려 놀란 척했다.

"헉! 그걸 어떻게 아셨어요?"

미간에 세 줄로 들어찬 참새의 주름이 쓱 펴졌다. 불도그의
처진 입매도 통 튀어 올랐다.

"본인은 못 느끼시겠지만, 어깨에 좌신, 우신이 각각 올
라 앉아있는 게 보입니다. 그 기운이 저에게까지 와서 저
도 어깨가 아픈 거고요."

진지한 얼굴로 불도그가 말하자, 내가 고개를 크게 끄덕이
며 물었다.

"그럼 댁에는 병으로 돌아가신 분이 한 분도 안 계신 거
죠?"

불도그의 눈빛이 살짝 흔들렸다.

"물론 계시긴 하지만, 아주 먼 친척분이라…"

"저도요. 아주 아주 먼 친척분이에요. 너무 멀어서 누군

지도 몰라요. 그럼 이제 제 어깨에 좌신, 우신 없는 거
죠?"

능글맞게 웃음을 흘리며 말하자, 불도그 콧구멍이 벌름벌름
춤을 췄다.

"친구분이랑은 영 대화가 안 되네요. 아까 말씀드린 바와
같이 집안의 우환들을 없앨 수 있는 간단한 방법이 있습
니다. 저희랑 지금 잠시만 가셔서 작은 정성 정도만 표시
하시면…"

"제사요?"

내가 또 톡 끼어들었다. 그러자 불도그가 금방이라도 날 물
것처럼 으르렁댔다. 행여나 물릴까 봐 나는 입술 지퍼를 닫
는 시늉을 했다.

"친구분은 지금 우리랑 함께 가야 하니까, 이만 집에 가
시는 게 좋겠어요."

참새가 날 보며 말했다.

"저보고 가라고요? 이제 왔는데 어딜 가요? 저 이 친구랑
갈 데가 있어서 온 거라고요."

친구를 뺏기지 않겠다는 듯 내가 친구 팔짱을 끼며 말했다.
그때 작전을 짜듯 참새와 불도그가 눈을 맞추는 게 보였다.

"이러시면 곤란해요. 우리랑 먼저 약속 하셨다고요!"

불도그가 꾸짖듯이 말했다. 무서웠는지 친구 눈매가 미끄럼
을 타고 쓱 내려갔다.

"네가 말해봐! 너 저 사람들 따라가서 제사 지내고 돈 내

고 싶어?"

친구 쪽으로 몸을 돌려 내가 물었다.

"아니…"

팔랑귀를 척 접으며 친구가 고개를 저었다. 내가 벌떡 일어
나 친구 팔을 당겼다. 불도그가 혀를 차며 나를 노려봤다.
볼 안에 먹을 거라도 잔뜩 숨겨놓은 것처럼, 어느새 크게 부
풀어 있길래 나는 불도그의 볼만 뚫어져라 쳐다봤다.

"당신이 친구 앞길을 막고 있어!"

마치 저주를 퍼붓듯 불도그가 내게 툭 던진 말이었다.

"제가 볼 땐 지금 두 분이 우리 '번개'를 막고 있는 것 같
은데요? 경건한 마음으로 번개하러 가는 길에 이게 무슨
일이에요! 너 얼른 일어나!"

짜증을 가득 담아 내가 친구를 일으켜 세웠다. 그 순간, 그
들이 마시고 내려놓은 커피잔이 눈에 들어왔다.

"커피값은 누가 낸 거야? 네가 냈어?"

추궁하듯 친구에게 물었다. 내 눈치를 보며 친구가 고개를
작게 끄덕였다. 이번엔 내가 물어버리겠다는 듯 그들을 향
해 으르렁댔다. 그러자 조금 전의 의기양양했던 모습은 순
식간에 사라지고, 불도그와 참새가 다른 쪽으로 시선을 급
히 돌렸다. 나는 씩씩거리며 친구를 끌고 커피숍을 빠져나
왔다.

"훠이! 훠이! 좌신, 우신! 물렀거라!"

내가 친구 어깨를 털며 말하자, 친구도 내 어깨를 털어주며

똑같이 말했다. 그리곤 둘이 껄껄껄 웃어 재끼며 번개 장소로 후다닥 뛰어갔다.

나는 한 번씩 이런 상상을 해본다. 작고 귀여운 좌신과 우신이 내 어깨에 살포시 앉아있는 상상! 그때마다 혼자가 아니라는 생각에 괜스레 든든하고 반가운 마음마저 든다. 그러고 보니 불도그과 참새에게 감사해야겠다. 나의 수호신, 좌신과 우신을 알려준 사람들이니까!

오늘도 어깨가 한없이 묵직하다. 그들이 왔나 보다.

반가워! 좌신! 반가워! 우신!

슬픔이 턱 끝까지 차올라도 눈물 한 방울 나오지 않을 때가 있다. 우스워서 웃음 폭탄이 팡팡 터질 것 같아도 미소조차 나오지 않을 때도 있다.

"요즘 기분 어때?"

지인이 묻길래 나도 모르게 이렇게 대답했다.

"별다른 기분이 없어요. 나도, 기분도 무색무취인 것만 같은 느낌이랄까?"

뱉어내고 보니 그 말은 어딘가 텅 빈 듯 허전해 보였다. 그 래서 한참 동안 '무색무취'라는 말을 곱씹게 되었다.

하루는 공원 벤치에 앉아서 하늘을 감상하고 있었다. 높다 란 가을 하늘이 쨍하고 맑아서 하늘 반대편에서 누군가 날 보고 있을지도 모른다는 상상을 했다. 뭉게구름이 바람에 등 떠밀려 파란 하늘을 가로질러 갔고, 새들도 어딘가로 바 삐 이동하고 있었다. 그런데 한없이 평화로운 하늘이 그 순 간의 내 기분을 들여다본다면 고개를 갸우뚱할 것만 같았다. '무색무취' 감정을 제대로 느끼지 못하는 건 오감 중 하나를 잃는 것과 엇비슷하지 않을까? 음식을 씹고 있는데, 음식 맛을 느끼지 못하는 상황!

저쪽 편에서 한 젊은 여자가 걸어오고 있었다. 걸을 때마다 밝은 갈색 머리가 그네처럼 앞뒤로 움직여댔다. 나는 쌓인 낙엽을 들여다보다가 시선을 끌어올렸다. 여자는 울고 있었다. 얼핏 얼굴을 들여다보니 이제 막 울기 시작한 것도 아니고, 걸어오는 내내 운 얼굴이었다. 마주 보는 대각선 벤치에 그녀가 털썩 앉았다. 분주하게 눈물을 훔치다가 몸을 앞으로 척 기울이더니 못 참겠다는 듯 발까지 동동 구르기 시작했다. 그럴수록 갈색 머리카락이 격렬하게 춤을 췄다. 지나가던 할아버지가 살짝살짝 튀어 오르는 여자의 발을 신기하다는 듯 물끄러미 쳐다봤다. 나는 행여나 여자와 눈이 마주칠까 봐 낙엽 더미에 흩뿌려진 색깔들을 눈으로 훑으며 여자를 흘끔거렸다. 그러다 다음 순간, 아예 여자만 멀뚱히 구경하기 시작했다. 요란하게 몸을 움직이는 것보다 강렬한 슬픔을 온전히 느끼는 것에 매료된 탓이었다. '부럽다!' 나도 모르게 든 생각이었다.

뚜렷한 감정을 느낀다는 것, 그것을 알아챈다는 것, 그리고 그 감정에 몰입한다는 것이 너무 부러워서 머리가 지끈거릴 지경이었다. 여자의 휴대폰이 울렸다. 손으로 눈물을 닦아내고, 목소리를 가다듬은 후, 여자가 입을 열었다.

"나… 안 울어. 내가 아쉬울 게 뭐가 있다고. 그냥 감기

걸린 거야…"

빨간 코를 문질러대며 여자가 말했다. 그런데 다음 순간

"뭐? 너 그걸 말이라고 해? 크하하하하하하하!"

별안간 여자가 크게 웃기 시작했다. 친구 말이 황당했던지 배를 잡고 격렬하게 웃었다. 그것도 눈물까지 훔치면서.

"그래도 네 덕분에 실컷 웃었어. 고맙다. 웃겨줘서!"

전화를 끊은 여자가 휴대폰을 멍하니 들여다봤다. 그러다 다시 울기 시작했다. 바닥에 후두두 눈물방울들이 떨어지고, 갈색 머리가 다시 그네를 타기 시작했다.

순간, 〈인생은 이상하게 흐른다〉라는 책에서 본 에피소드가 생각났다.

저자는 프라하 여행에서 사소한 일로 남자 친구와 다퉜다. 식당을 결정하는 중에 더 냉랭해졌고, 급기야 식당 주문까지 잘못되어 잔뜩 열을 받고 말았다. 게다가 안내받은 자리는 영 마음에 들지 않았고, 맞은 편 부부는 곧 이혼할 것 같은 얼굴로 앉아있었다. 제대로 되는 일이 하나도 없던 그 순간이 우스웠지만, 둘은 절대 웃지 않았다. 그렇게 침울하게 밥을 먹는데 갑자기 거지 한 명이 식당 문 앞에서 서럽게 울기 시작했다. 황당한 일들이 연속해서 벌어지자 저자의 감정 또한 시시각각으로 변해갔다. 그 순간의 감정을 저자는 이렇게 표현했다. '거지가 그토록 목을 놓아 우는데 40%는 웃겼고, 30%는 슬펐고, 20%는 놀랐고, 10%는 숙연한 마음

이 들었다.'

나는 그 대목을 읽으며 내 마음속 복잡한 감정도 저렇게 비율을 따져보면 좋겠다고 생각했다. 벤치에 앉은 여자는 방금, 49%의 슬픔과 51%의 즐거움을 느꼈는지도 모른다. 그래서 배를 잡고 깔깔 웃으며 감정에 충실했던 게 아닐까?

며칠 후, 갑자기 눈물이 터졌다. 그리고 아주 오랜만에 시원하게 울어버렸다. 슬픔을 밀어내지도, 다른 감정을 불러오지도 않고, 그저 '슬픔' 그 하나의 감정에 맹렬히 뛰어들어, '진짜 슬픔'을 느끼는 데 성공했다. 그리곤 욕실에서 거울을 들여다보곤 혼자 빵 터져버렸다. 코가 마치 술주정뱅이처럼 빨개서 누가 보면 술을 진탕 마신 줄 알 것 같았다. 그 빨간 눈과 코로 혼자 미친 듯이 웃고 있자니, 우스워서 더 웃게 되는 묘한 희열마저 느꼈다. 결국, 가득 차올랐던 슬픔이 빠져나간 자리를 '즐거움'이 차지했고, 어느새 즐거움 51%, 시원함 49%로 내 감정 그릇이 채워졌다.

그 후, 나는 내 감정 그릇을 들여다보고 감정의 종류와 비율도 찬찬히 살펴본다. 그 순간의 주요 감정에 충실하다 보니 어느새 공허함도 사라졌다. 그리고 무엇보다 내 감정은 이제 '무색무취'가 아닌 '유색유취'가 되었다.

장미 줄기에서 커다란 가시 하나를 톡 떼어냈다. 그리곤 침을 묻혀 내 콧등에 붙였다. '아기 코뿔소'가 엄마를 찾듯 고개가 휙휙 돌아갔다. 운동장 한구석, 빨간 장미가 빛깔을 뽐내는 곳에 진희가 서 있었다. 아기 코뿔소를 보면 진희의 큰 눈이 더 커다래질 것 같아 내 입매에 장난기가 가득 들어찼다. 살금살금 다가가 내가 진희 어깨에 막 손을 얹으려던 순간이었다.

"쿵쿵! 아! 좋다. 어쩜 이렇게 예쁠까?"

진희가 장미꽃에 코를 대고 혼잣말을 했다. 그 앞에 도도하게 선 붉은 장미가 내 눈에 쏙 들어왔다.

"넌 장미꽃이 그렇게 좋아?"

퉁명스러운 물음에 몸을 돌려 내 콧등을 본 진희가 귀엽다며 깔깔 웃었다.

"장미꽃 정말 예쁘지 않아? 난 보고만 있어도 좋은데."

"글쎄, 난 별로!"

입을 비죽이며 내가 진희 손을 잡아끌었다. 그 후에도 매번 내가 진희를 찾을 때면 어김없이 꽃 옆에 서 있곤 했다. 당시 시니컬한 초등학생이었던 나는 금방 시들어버리는 것들에겐 애정을 주고 싶지 않았다. 화려한 빛깔로 시선을 낚아채는 꽃들은 특히 더 믿을 수 없었다. 그래서 꽃을 보며 감탄사를 뱉어내는 진희를 이해하기 힘들었다.

어느 날, 진희가 자기 집에 놀러 가자고 했다. 다른 친구 한 명과 셋이서 노래를 부르며 진희집으로 향했다. 그런데 아는 노래를 전부 부르고 나서도 진희 집은 나타나지 않았다.

"도대체 너희 집은 어딨는 거야?"

큰 눈을 반달로 만든 진희가 미안하다는 듯 말했다.

"저 언덕에 있어!"

진희 말에 나와 친구는 멍하니 언덕을 쳐다봤다. 보기에도 지나치게 가팔랐고, 집이라곤 시야에 전혀 들어오지 않는 통에 훅 짜증이 솟구쳤다. 우리는 마지못해 언덕을 쉬엄쉬엄 오르기 시작했다. 그러는 사이 햇볕이 우리를 찔러댔고, 티셔츠 등판에 점들이 촘촘하게 찍혔다. 마침내 언덕을 다 올랐다. 그런데 어찌 된 일인지 주변엔 아무것도 없었다. 그저 허름한 창고 하나만 기우뚱 서 있었다.

"빨리 들어가자!"

진희가 덜컹거리는 문을 능숙하게 당기며 말했다. 나는 그때까지 우리 집보다 가난한 집에 가본 적이 없었다. 그러니까 진희네 집, 아니 진희네 창고는 우리 집보다 훨씬 가난한 첫 번째 집이었다. 안으로 주춤주춤 들어서며 나는 행여나 창고가 무너지지 않을까 싶어 주먹을 불끈 쥐었다. 그러고 보니 최소한 우리 집은 시멘트로 지어진 집이라 무너질 걱정 따위 없었다. 외관과는 달리 안은 꽤 정갈하고 포근한 느낌이었다. 진희는 요구르트를 건네고는 급하게 신발을 신고 나가버렸다. 남겨진 우리는 '집이 너무 부실하다는 둥, 그나마 우리들 집은 '진짜' 집 같다는 둥'의 이야기를 소곤거렸다.

그런데 꽤 시간이 지나도 진희가 돌아오지 않았다. 나는 덜컹거리는 문을 밀고 밖으로 나왔다. 그제야 창고 주변에 여기저기 핀 꽃들이 밝은 빛을 내는 게 보였다. 곧이어 화단에 물을 주며 노래를 흥얼거리는 진희 소리가 들렸다. 허리를 굽혔다가, 꽃들에게 말을 걸었다가, 어루만졌다가 혼자 잔뜩 신이 난 얼굴이었다. 그때 진희 등 뒤로 펼쳐진 황량한 언덕이 햇볕에 찡그린 내 눈에 쏙 빨려 들어왔다. 기우뚱 선 창고의 불안함이 내 속 어딘가에 턱 걸렸고, 방금 내가 밀었던 덜컹거리는 문의 감촉도 내 손끝에 대롱대롱 매달렸다. '진희는 뭐가 저렇게 좋을까? 우리 집보다 훨씬 형편없는 창고에서 살면서, 휑한 언덕이 집을 감싸고 있으면서, 허접한 꽃들이 화단을 채우고 있으면서, 바짝 당긴 호스 끝이 화단에 채 닿지도 않으면서…'

그날 그곳에 서서 바라본 진희와 언덕, 화단은 종종 내 마음을 심란하게 만들었다. 마치 보석처럼 반짝이는 '돌멩이'를 쥐고 행복해하듯 선명한 모순과 대면한 기분이 들어서였다. 물론 내 손에도 반짝이는 돌멩이가 쥐어져 있었다. 그래서 나는 그에 꼭 맞게 이렇게 중얼거렸다. '돌멩이 주제에 반짝일 건 뭐람. 보석도 아니면서!' 진희는 늘 꽃을 들여다봤다. 그리고 그 꽃들에게 선물처럼 감탄사를 건네는 것도 잊지 않았다.

시간이 흘러 어느 순간, 진희와 함께 꽃에 고개를 묻은 나를 발견했다. 찬란한 빛깔을 눈에 담으며 감탄사도 뱉어내고 있었다. 나는 자주 진희네 집의 덜컹거리는 문을 당겼고, 짧디짧은 호스 입구를 꾹 눌러 멀리 있는 꽃들에까지 시원스레 물을 뿌려주기도 했다. 그리고 기우뚱한 창고 주변, 황량한 언덕에 하나둘 집들이 들어설 때마다, 손에 쥔 반짝이는 돌멩이가 어쩌면 '진짜 보석'일지도 모른다고 생각했다. 그리고 행여나 보석을 알아채지 못할까 봐 나는 자주, 그리고 설레며 손을 펼쳐 들여다보게 되었다.

반짝! 보석이 빛을 내면 그 여름, '아기 코뿔소'가 되어 진희에게 달려가던 내 모습을 떠올리곤 한다.

"네? 뭐라고요? 그럴 리가요!"

전화를 받은 남편 목소리가 높아졌다. 그가 연신 고개를 갸 웃거렸다.

"내가 뽑혔대!"

순간 나와 아이가 더 놀란 얼굴로 남편을 빤히 쳐다봤다. 아 이를 위해 백일장에 참가한 날이었다. 마땅히 할 일이 없었 던 남편은 생전 처음으로 시를 끄적였고, 그 시가 3등으로 뽑혔다는 전화를 받은 것이다. 게다가 적지 않은 상금까지 받았기에 돌아오는 내내 그는 흥분을 감추지 못했다.

"지금까지 몰랐던 숨은 재능이 발현된 게 아닐까? 나 이
   참에 진짜 시인이 되어야 하나? 하하하"

웃음소리 사이에 잘난 척을 빼곡히 채워 넣기를 무한 반복 하는 중이었다.

"심사위원 말 못 들었어? 올해는 시 수준이 아주 낮았다
   잖아."

내가 콕 집어 말해도 남편은 귀담아듣지 않고, 그저 빵모자를 쓰고 시인이 될 생각뿐이었다. 그러다 이어서 참가한 백일장들에서 꾸준히 미역국을 마신 다음에야 현실을 인식하기 시작했다. 그렇게 자연스럽게 그는 시와 멀어지는 듯했다.

그러던 어느 날, 그가 진지하게 말했다.

"한 달에 한 번 시 낭송을 하는 모임이 있다는데, 거기 가볼까 해. 잔잔한 음악이 배경으로 깔리고, 감정을 실어서 시를 낭송하다 보면 힐링이 된다고 하더라고."

회사 일에 치여서 지친 기색이 역력했던 남편이 '힐링'이라는 단어에 힘을 주며 말했다. 사실 나는 선뜻 이해되지 않았다. 시는 자고로 사색하듯 혼자 읽어야 제맛이지 않은가, 라는 생각을 떨칠 수 없었기 때문이다. 그렇게 몇 달간 그는 수시로 시를 읊어댔다. 그리고 시 낭송 모임이 있는 날이면, 어딘가 모르게 아주 편안해진 얼굴로 돌아오곤 했다.

"시를 낭송하는 분들은 얼굴도 다들 선하고, 심성도 고우신 것 같아."

모임에서 가장 나이가 어린 남편은 무르익은 중년들의 얼굴들을 들여다보며 느끼는 바가 많다고 했다. 그러다 어느 날, 그가 뜬금없이 이렇게 말했다.

"나, 시 낭송 대회에 참가하기로 했어!"

시 낭송도 생소한데, 대회가 있다는 소리에 내 눈이 큼지막해졌다.

"응. 초보자들을 위한 대회인데, 얼떨결에 나도 참가하기
로 했어. 너무 긴장해서 무대에서 쓰러질지도 몰라."
그가 몸을 부르르 떨며 웃었다.
드디어 시 낭송 대회 날! 시 낭송의 비밀도 알아보고, 사람
구경도 해볼까 싶어 나는 남편을 따라나섰다. 물론 내 속에
는 여전히 의구심이 사라지지 않은 채였다. '시는 혼자 낭송
하면 되지, 왜 공개적으로 낭송을 하지?'

잠시 후, 1번 참가자가 무대에 올라 문인수 시인님의 '쉬'라
는 시를 낭송하기 시작했다. 분위기는 일순 고요해졌고, 무
대 위 참가자가 감정을 잡으며 또박또박, 하지만 애절하게
시어들을 꺼내놓았다. 마치 환갑을 넘긴 아들이 된 것처럼
참가자가 '쉬' 소리를 열심히 냈다. 아흔 넘은 아버지의 오
줌을 누이는 그 한마디 '쉬'가 어찌나 구슬프게 들리던지,
울컥 눈물이 날 것만 같았다. 무대에 시선을 고정하고 지켜
보는 동안, 참 묘한 기분에 휩싸였다. 모두가 숨죽인 순간,
시간은 멈춘 듯했고, 무대 위에서 그녀가 뱉어내는 '시어'들
이 아버지의 노구를 안고서 쉬를 누이는 늙은 아들의 형상
을 뚝딱 만들어냈다. 그리고 청중들은 귀로 듣는 동시에 화
면을 보듯 그 애절함을 오롯이 느끼고 있었다. 시간이 갈수
록 가슴이 설레인 탓에 내 얼굴이 환히 들떴다. 단순히 시를
읽어주는 것이 아니라, '가수'나 '배우'들처럼 자기 것으로
소화해서 보여주는 것이 '시 낭송'이란 것을 알게 된 덕분이

었다. 대회가 끝나기 전, 심사위원들의 점수 집계가 진행되는 자투리 시간에 사회자가 참가자들에게 말했다.

"평소에 외운 시를 지금 낭송해보고 싶으신 분, 계신가요?"

대회 내내 불안한 듯 인상을 쓰고 있던 한 여성이 손을 번쩍 들어 올렸다. 그녀의 목소리는 사시나무 떨리듯 계속 흔들렸고, 관절염을 앓는 듯 걸음걸이는 불편했으며, 손에 쥔 마이크는 연신 이리저리 춤을 춰댔다. 그럼에도 불구하고, 그녀는 인생을 꿰뚫는 듯한 강렬한 시를 끝까지 큰 목소리로 낭송해냈다. 그녀의 얼굴과 목소리, 몸짓을 들여다본 몇 분 동안, 굴곡진 삶을 뚜벅뚜벅 걸어온 강인한 여성의 이야기를 들은 듯 내 마음이 착 가라앉았다. 그녀가 들려준 건 어느 시인이 지은 남의 시가 아니라, 어쩌면 그녀 자신의 시인지도 몰랐다.

나는 그날, 참가자들의 얼굴과 몸짓을 열심히 눈에 담았다. 그리고 그들이 보여준 삶의 단편들도 마음에 차곡차곡 쌓아 올렸다. 대회장을 빠져나오던 길, 나는 편안하게 웃으며 이런 생각을 했다.

'우리 각자는 하나의 위대한 스토리구나!'

1987년 웨그너는 사람들을 두 그룹으로 나누어 실험을 진행했다. 한 그룹에는 '흰곰'에 관해 생각할 것을, 다른 그룹에는 '흰곰'에 관해 생각하지 말 것을 요구했다. 피실험자들은 흰곰이 생각날 때마다 벨을 누르기로 했고, 익히 알려진 바와 같이 흰곰 생각을 밀어냈던 그룹이 더 많은 벨을 누른 것으로 확인되었다. 이는 특정한 생각을 의도적으로 막으면 결국 역효과를 불러온다는 사실을 단적으로 보여 준 실험이라고 할 수 있다.

좋은 감정을 가지고 만났던 남녀가 헤어질 경우, 추억의 장소와 음악, 이야기들이 모두 '흰곰'이 된다. 그리고 밀어내고 털어내려고 부단히 노력해도 어쩔 수 없이 슬렁슬렁 마음속을 배회하는 흰곰과 마주칠 수밖에 없다. 나는 가능한 한 천천히 흰곰과 이별하는 것이 가장 좋다고 믿었다. 관계를 정리하고, 추억으로부터 의미를 발견하는 일 또한 가치

있다고 생각했기 때문이다. 그런데 그야말로 단번에 흰곰으로부터 벗어나게 된 경험이 있다.

오래전, 내가 흰곰을 열심히 밀어내던 때였다. 일부러 다른 사람들을 만났고, 일에 몰두했으며, 먼 곳으로 여행을 가서 묵은 감정을 훌훌 털어내느라 정신없이 바빴다. 물론 그런데도 흰곰은 불쑥불쑥 나타나서 나와 눈을 맞추곤 유유히 사라지기를 반복했다. 그런데 흰곰의 기세에 굴복해버린 상대방은 밤마다 내게 전화를 해서는 실컷 밀어냈던 수많은 흰곰들을 보란 듯이 데려다 놓곤 했다. 그럴수록 나는 더 가열차게 몸을 움직여 돌아온 흰곰을 쫓아내 버렸다.
그러던 어느 날, 밤늦은 시간에 또 전화가 왔다. 처음 듣는 목소리였다. 남자는 뭔가에 단단히 화가 난 사람처럼 연신 씩씩 소리를 냈고, 곧 개시할 공격을 미리 알려주려는 듯 짧은 말에 적개심을 꾹꾹 눌러 담은 것 같았다.
 "나 00형의 후배 되는 사람인데, 같이 술을 마시다가 이 형이 너무 힘들어해서… 근데 말이야. 당신이 뭔데 이 형을 안 받아줘?"
누군가 '요'자를 다 뺏어간 듯, 말이 짧았다. 순간 내 얼굴이 화끈 달아올랐다. 곧이어 가슴에서 출발한 열이 머리꼭지까지 단숨에 달려가 몸을 데웠다.
 "왜 전화하셨죠?"
낮은 목소리로 물었다.

"당신이 그렇게 잘났어?!"

맡겨놓은 돈이라도 요구하듯 남자가 당당히 소리쳤다. 그런데 남자의 거친 목소리가 내 귀에 꽂힌 순간, 이상하게 마음이 차분해지기 시작했다. 머리꼭지에서 펄펄 끓던 열도 언제 그랬냐는 듯 싹 씻겨 사라졌다.

"네!"

내가 단호하게 대답했다. 그러자 예상한 반응이 아니라는 듯, 남자가 전화기를 바꿔 잡는 소리가 들렸다.

"아니… 내 말을 못 알아들었나 본데… 당신이 잘났으면 얼마나 잘났다고 이러느냐고. 당신이 그렇게 잘 났어?!"

"네!"

내가 또 한 번 대답했다. 당황했는지 남자가 아무 말 없이 가만히 있었다. 그렇게 몇 초가 흐르자 주섬주섬 입을 떼기 시작했다. 구구절절 설명하려는 듯 한풀 꺾인 말투였다.

"제 말뜻은… 제가 쭉 지켜봤는데요. 이 형 진짜 괜찮은 사람이에요. 제가 장담할 수 있어요. 남자는 남자가 봐야 잘 알잖아요. 그러니까 다시 잘해보시면 안 되겠느냐고요."

어느새 목소리 톤이 순해졌고, 문장마다 '요'자가 돌아와 공손함을 더하고 있었다.

"됐어요!"

"됐긴 뭐가 됐어요? 사람 하나 폐인 되는 거 보고 싶어요? 그럼 도대체 안 받아주는 이유는 뭔데요?"

다시 싸우자는 듯 남자가 목소리를 높였다.

"이유요? 일면식도 없는 사람에게 그것도 늦은 시간에
전화해서 다짜고짜 반말하는 '후배'랑 어울리는 사람이
면 더 설명도 필요 없겠네요!"

후루룩 말하고 나니 왠지 내 속이 뻥 뚫린 것만 같았다. 그
사이 남자는 입맛만 다시며 다음 말을 찾는 듯했다.

"저도 원래 이런 사람은 아닌데요. 보기에 너무 안쓰러워
서 그만… 제가 혹시 무례했다면 죄송합니다."

술이 좀 깬 건지 남자 발음이 또박또박해졌다. 전화기 너머
고개를 주억거리는 남자 모습이 절로 그려졌다.

"혹시가 아니라, 진짜 많이 무례하셨어요! 그리고 그 오
빠한테 전해주세요! 더 이상 감정 상하지 않게 앞으론 연
락하지 말라고요! 아시겠어요?"

매서운 내 말끝에 남자의 한숨이 겹쳐졌다.

"네. 그럼 죄송했습니다."

남자의 사과를 끝으로 나는 '흰곰 몰이'로부터 완전히 해방
되었다.

사실 흰곰은 그리 대단하거나 멋지지 않았구나. 그저 내가
지나치게 미화했을 뿐, 사실은 이렇게 씁쓸한 존재란 걸 뒤
늦게라도 알게 되어서 참 다행이었다.

전문가들은 말한다. 우리가 아플 만큼 흰곰이 마음속에 돌
아다닌다면 시선을 외부로 돌리고, 몸을 계속 움직이라고.

그리고 지나간 흰곰을 미화하지 말라고. 시간이 지나면 결국 흰곰은 사라지고, 그 경험으로부터 우리도 뭔가를 배우게 된다. 술 취해 반말로 소리치는 후배와 어울리는 남자와는 연락하지 말자, 라는 교훈 같은 거 말이다.

만약 지금 흰곰과 사투를 벌이는 사람이 있다면, 내가 썼던 방법을 잊지 말길 바란다.

첫째, 다른 사람을 만날 것
둘째, 일에 몰두할 것
셋째, 어디든 여행을 갈 것
그리고 무엇보다, 흰곰이 완전히 사라질 때까지 잘 견딜 것.

마음속에 고민이 빼곡히 들어찬 날이었다. 고민들의 아우성
이 귀를 때리는 통에 어느 것에도 집중할 수 없어 무작정 걷
기로 했다. 그러는 동안에도 고민들은 서로를 밀쳐대며 외
쳤다.

"내 말 좀 들어봐!"

"아냐, 내 말이 더 급해!"

"나보다 중요한 건 없어!"

지끈거리는 머리를 부여잡고 나는 제발 좀 조용히 하라고
빽 소리를 질렀다. 이내 잠잠하나 싶더니 그것도 잠시뿐, 머
릿속이 다시 아수라장이 되고 말았다. 나는 분주히 다리를
움직여 빨라진 속도만큼 신속하게 고민을 해결하리라 마음
먹었다.

쌩, 자동차가 지나갔다. 내 속도에 자동차 속도가 더해지니
그야말로 '빛의 속도'로 고민들을 해결할 수 있을 것 같았
다.

첫 번째 고민이 소리쳤다.

"너, 이 일 계속할 거야?"

쌩, 버스가 지나갔다. 더 빨라진 생각의 속도를 느끼며 나는 빠르고 선명한 대답을 기대했다. 애매하고 자신 없는 대답이 내 속에서 울려 퍼졌다. 나는 고개를 푹 숙이고 더 빨리 걸었다.

두 번째 고민이 앞으로 척 나섰다.

"너, 그 사람한테 먼저 손 내밀 거야?"

슝, 오토바이가 신나게 지나갔다. 머릿속은 여전히 아찔한 속도감을 자랑하고 있었다. 그 뒤에도 줄을 선 고민들이 내게 따지듯이 물었지만, 그때마다 나는 '글쎄'라며 말을 흐렸다.

잠시 후, 공원 벤치에 털썩 주저앉은 나는 휴대폰을 들여다보다 간간이 주변을 살폈다. 한 꼬마가 화단으로 걸어가는 모습이 보였다. '꼬마 아이군!' 눈으로 보는 즉시 생각이 스쳐 지나갔다. 나는 다시 휴대폰을 들여다봤다. 잠시 후, 아이가 화단 앞에 쪼그리고 앉아 뭔가를 들여다보고 있었다. '뭘 구경하는군!' 눈과 머리가 속도 경쟁을 하는 중이었다. 누가 더 빨리 생각을 흘려보내는지.

빠르게 변하는 세상의 이모저모를 훑어보려면 손가락을 더 빨리 움직여 화면을 넘겨야 했다. 머리도, 눈도, 손도 어느 것 하나 빠르지 않은 것은 없었다. 그 사이 아이는 꼼짝하지 않고 앉아서 화단을 주시했다. 슬쩍 궁금해진 나는 목을 길게 빼고 살폈다. 개미들의 행렬을 구경하는 모양이었다. 이동하는 개미, 가만히 개미를 구경하는 아이, 그 아이를 관찰하는 나, 이렇게 우리의 시선들을 엮어가다 문득 흥미롭다는 생각이 들었다. 휴대폰을 내려놓고 나는 그 아이를 가만히 쳐다보기 시작했다. 그러자 조금 전까지 '그냥' 꼬마였던 아이가 완전히 새롭게 보였다. 왼쪽 뺨에 살짝 패인 보조개도 이쁘고, 집게손가락으로 개미를 가리키는 모습도 귀여웠다. 그리고 아이의 신발에 붙은 앙증맞은 곰돌이도 아이만큼이나 반짝였다. 또 속눈썹은 어찌나 길던지, 햇살 아래 마련된 작은 양산처럼 조그만 그늘을 만들며 팔랑거렸다. 저렇게 예쁜 아이를 왜 나는 '그냥 꼬마'로 생각했을까?

얼마 전에 읽은 〈다음 생엔 엄마의 엄마로 태어날게〉에서 선명 스님이 경험한 에피소드가 생각났다.
앞에 걸어가던 스님이 너무 느려서 답답한 날이었다. 본래 스님들은 걸을 때마다 '사각사각' 옷감 부딪히는 소리를 내기 마련인데, 느린 스님은 '사아아아'하고 늘어진 소리가 날 정도였다. 그 뒤를 따라가던 선명 스님 마음에 답답함이 커졌다. 느린 스님은 절을 할 때도, 심지어 눈을 깜빡일 때조차도 아주 느렸다. 그렇게 느린 스님을 지그시 바라보던 선명 스님 마음이 조금씩 변하기 시작했다. 느려서 볼 수 있는 것들, 느려서 느낄 수 있는 것들을 발견한 덕분이었다. 그러다 결국 선명 스님 마음에 따뜻한 평온이 흘러넘쳤다. 그때의 깨달음을 스님은 이렇게 표현했다. '눈으로 보는 순간 생각하고, 생각하는 순간 마음에 담고, 마음에 담는 순간 분별하려 하고, 분별하는 순간 몸이 움직이니…나는 왜 그리 빠르게 움직였을까. 내가 너무 얕았구나.'

내 속에 넘쳐나는 고민을 '빨리' 해결하길 원했던 나는 내 속도에 주변 속도까지 더하면 효율적일 거라 믿었다. 하지만 속도가 빨라질수록 고민은 나를 스쳐 지나갈 뿐, 나와 정답게 앉아서 이야기를 나눌 순 없었다. 숨죽이고 개미를 구경하는 예쁜 꼬마 덕분에 속도를 줄여야 한다는 깨달음을 얻었다. 꼬마가 개미를 자세히 들여다보듯, 나도 내 고민을 세심히, 그리고 천천히 들여다보겠다 다짐했다.

첫 번째 고민이 다시 내 앞에 자리를 잡았다.

"너, 이 일 계속할 거야?"

"응! 가끔 아주 지치고, 외롭지만, 계속할 거야."

꽤 선명한 대답이 선물 상자에 담겼다. 첫 번째 고민이 선물 상자를 안고 총총 사라졌다.

두 번째 고민이 소리쳤다.

"너, 그 사람한테 먼저 손 내밀 거야?"

"응! 계속 볼 사이니까, 그리고 소중한 사람이니까, 내가 손을 내밀 거야."

선물 상자를 받아든 두 번째 고민이 내게 손을 흔들었다. 그렇게 줄을 선 고민들에게 선물상자를 하나씩 쥐여 주고, 나

는 가볍게 벤치에서 일어났다.

예쁜 꼬마는 여전히 개미를 구경하고 있었다. 나는 꼬마에게 진심으로 고마웠다. 속도를 늦추게 해줘서. 그리고 가만히 들여다보게 해줘서. 나는 천천히 움직였다. 순간 차들이 속도를 내며 쌩, 지나갔다. 그럴수록 나는 더 느리게 움직였고, 생각은 그보다 훨씬 더 느리게 흘렀다. 그날 이후, 나는 느림에 익숙해지려 부단히 노력하며 산다.

03

그, 그녀의
이야기가
흐른다

"난 내 동생이 미워!"

코흘리개 남동생 손을 뿌리치고 성큼 앞서 걸어간 친구가
말했다. 뒤돌아보니 코흘리개가 서러워 훌쩍대고 있었다.

"왜? 난 동생이 있으면 좋겠는데."

"엄마가 이모한테 그랬어. 둘째가 아들이라 다행이라고.
만약 또 딸이었으면 아들을 낳을 때까지 계속 낳아야 했
다고…"

친구의 예쁜 얼굴에 검은빛이 일렁였다. 어느새 따라붙은
코흘리개를 보자, 친구는 또 금방이라도 잡아먹을 듯 무서
운 눈을 흘겨댔다. 그 눈빛에 얼음이 되어버린 남동생은 콧
구멍을 들락거리는 누런 콧물도 닦지 못하고 가만히 서 있
었다. 나는 그 누런 콧물을 어떻게든 시야에서 지워버리고
싶었다.

"근데 넌 엄마 말이 왜 마음에 안 드는 건데?"

친구의 좁은 속을 타박하듯 내가 물었다.

"내가 여자라서 실패한 것처럼 말했으니까. 남동생은 아
무것도 하지 않아도 할머니, 할아버지가 감싸고 돌아. 나
한테는 안 그러면서…"

멈춰선 친구가 뒤를 획 돌아봤다. 이번에도 콧물을 닦아내
려 옷소매를 걷어 올린 남동생이 움찔 놀라 누나 눈치를 봤
다. 그러다 친구가 다시 걷기 시작하자, 코흘리개도 주춤거
리며 졸졸 따라왔다.

"너희 엄마도 진짜 그렇게 생각하는 건 아닐 거야. 엄마
도 여자니까…"

친구 눈치를 흘끔 보며 내가 작게 말했다.

"같은 여자끼리 그렇게 말한 게 더 미워! 그럼 엄마도 실
패인 거야?"

갑자기 언성을 높인 친구 때문에 내 눈이 동그래졌다.

"하여튼 저 녀석이 태어나고부터 모든 게 엉망진창이
야!"

친구가 코흘리개를 노려본 순간, 남매의 얼굴이 동시에 찌
그러진 깡통처럼 쭈그러졌다.

어느 날이었다. 학교에서 일찍 돌아온 내가 집에 들어섰을
때, 엄마가 전화 통화하는 소리가 들려왔다.

"그래! 그날 얼마나 놀랐는지 몰라. 우리 귀한 아들을 잃
어버렸다고 생각하니까 하늘이 무너지는 것 같더라고.
아마 그래서 내가 결심했었나 봐. 아들을 하나 더 낳아야

겠다고. 근데 그게 어디 내 마음대로 되니? 낳아보니까
셋째가 딸이지. 혹시나 하고 또 낳았는데, 넷째까지 딸이
지 뭐니. 그다음엔 힘이 없어서 더 못 낳았지 뭐. 그래도
딸들이 부적인가? 귀한 아들을 다시는 잃어버리지 않았
으니 그걸로 다행이지 뭐."

나는 멍하니 서서 엄마의 말을 곱씹고 또 곱씹었다.

'귀한 아들' '넷째까지 딸' '부적' 오빠를 잃어버렸다가 다시
찾지 않았다면, 작은 언니와 나는 아예 존재하지 않았을까?
만약 작은 언니가 아들이었다면? 그럼 난 없었겠지… 만약
내가 아들이었다면? 사랑을 듬뿍 받았겠지… 결국 작은 언
니에 이어서 내가 '막내아들'이었다면, 내 존재는 반짝반짝
빛이 났겠지.

이후 며칠 동안 나는 악몽에 시달렸다. 꿈속에서 사라진 오
빠를 찾으러 다니거나, 남자가 되어있기도 했다. 그런가 하
면 엄마가 내 밥만 금 그릇에 담아 건네길래 만세를 부르며
좋아했다가 뒤늦게 깨닫기도 했다. 꿈속에서 내가 '막내아
들'이란 사실을. 하지만 시간이 지날수록 나는 선명하게 깨
달았다. 내가 할 수 있는 일이라고 해봐야 가족들을 미워하
는 것뿐이란 걸. 그리고 그런다고 달라지는 건 아무것도 없
다는 걸.

내가 엉킨 실타래를 힘겹게 풀어가는 동안에도, 친구는 코
흘리개에 대한 구박을 멈추지 않았다. 그런데 코흘리개가
내 동생이 아니라서 그런 걸까? 나는 그 아이를 볼 때마다

짠하고 안타까운 마음이 들었다. 나처럼 그 아이도 할 수 있는 게 아무것도 없었을 테니까.

그날도 코흘리개가 우리 둘을 졸졸 따라왔다. 늘 그렇듯 누런 콧물이 콧구멍을 터널 삼아 들락날락 놀이를 하고 있었고, 눈매는 생기 없이 가라앉아 있었다.

"오늘은 내가 중간에 설 테니 셋이 나란히 걸어가는 게 어때?"

내가 두 얼굴을 번갈아 보며 물었다. 친구는 입을 비죽였고, 코흘리개는 싫지 않다는 얼굴을 했다. 나는 냉큼 둘을 내 옆구리 쪽으로 당겼다. 엉성하게 늘어선 셋이 주춤주춤 걸음을 내디뎠다. 셋 다 입을 꾹 닫은 탓에 남이 보면 꼭 싸운 사람들처럼 보일 것 같았다.

"너희 둘, 똑같이 걷네?"

두 발끝이 똑같이 머리를 내미는 모양을 보며 내가 말했다. 시선을 발끝으로 보낸 둘이 '피!'하며 웃었다. 코흘리개가 입을 더 크게 벌려 배시시 웃자, 누런 콧물이 햇볕에 반짝였다.

"으악! 너 콧물 닦으랬지!"

내가 빽 소리쳤고, 친구도 코흘리개도 큭큭 웃었다.

어릴 적, 꽤 오랫동안 나는 이런 생각을 했던 것 같다. '나는 오빠 혹은 남자의 대체물인가? 만약 내가 남자였다면 환영

받았을까?'

하지만 어느 순간부터 더는 그런 생각을 하지 않게 되었다. 여자, 남자와 관계없이 오롯이 내 가치에만 집중하기로 마음먹은 덕분이었다. 그리고 선택할 수 없는 것에 미련을 갖는 것, 바꿀 수 없는 것에 집착하는 것, 이 모든 것은 애초에 내 취향이 아니라고 깔끔하게 인정해버렸다. 게다가 돌아보면 내가 선택할 수 있는 것, 바꿀 수 있는 것들이 애타게 내 관심을 기다리고 있을지도 모른다고 생각했다. 오늘도 나는 여자가 아닌, 한 인간으로서 '선택할 수 있는 것, 바꿀 수 있는 것'에 온전히 집중해보려 한다.

"쯧쯧쯧! 어쩜 저리 불쌍하니…"

시선을 TV 화면에 고정한 채 전화기를 찾는 시어머니 손이 분주했다. TV에 어려운 이웃이 나오면 ARS 성금이라도 내야 마음이 편하다는 시어머니는 안타까움에 눈물을 찍어내고 있었다.

"우리는 그래도 밥은 먹고 사는데, 저 사람들은 어떻게 끼니 걱정을 하며 사는 거야. 돈만 많으면 내가 다 도와 주고 싶네. 어휴…"

긴 한숨과 함께 눈매가 척 가라앉자 그 끝에 눈물이 대롱대롱 매달렸다. 그 때, 절뚝절뚝! 휘적휘적! 아주버님이 주방으로 들어서며 두리번거렸다.

"배고파? 밥 줄까?"

끙, 소리를 내며 시어머니가 일어나 밥을 차려주고 다시 소파에 털썩 내려앉았다. 그리곤 TV 화면과 아주버님 등을 번갈아 쳐다보았다. 어느 쪽도 연민의 눈길을 거둘 수 없다는 표정이 들어차자 시어머니 코끝이 빨갛게 물들어갔다.

"나 말이야. 저 녀석 임신했을 때 죽을 뻔했어."

모진 고통을 공유할 사람이 나뿐이라는 듯, 시어머니가 툭 이야기를 던졌다.

"임신 중독이 너무 심해서 까딱하다간 죽을 수도 있었거
든. 그래도 낳고 나니까 첫아들이라 얼마나 좋던지…"

설익은 웃음이 말끝에서 미끄러졌다.

삐걱삐걱! 아주버님 손과 발이 식탁 위를 옮겨 다니고, 시어
머니는 그 몸짓을 텅 빈 눈으로 쳐다보고 있었다.

"그런데 저 녀석이 3살이 되도록 제대로 걷질 못하더라
고. 아무래도 이상해서 병원에 갔더니 소아마비라는 거
야. 난 열심히 살아온 죄 밖에 없는데 하늘도 무심하시
지…"

억울해 죽겠다는 표정이 시어머니 얼굴에 잠시 머물다 사라
졌다.

"어머니가 고생 많이 하셨겠네요."

위로하듯 내가 한 마디 건넸다.

"나보다 저 녀석 할머니, 그러니까 우리 시어머니가 진짜
고생했어. 안쓰럽다고 늘 업고 다녔거든. 몸도 안 좋은
분이 얼마나 힘들었을 거야. 쯧쯧쯧!"

그때 남편이 후다닥 냉장고로 다가가는 게 보였다.

"임신 중독으로 힘드셨을 텐데, 둘째는 어떻게 낳으신 거
예요?"

신기하다는 듯 내가 물었다.

"의사가 또 임신하면 죽을 수도 있다고 겁을 잔뜩 주더
라고⋯ 근데 말이야⋯"

시어머니가 윗입술을 살짝 깨물며 뜸을 들였다.

"사람들한테 보여주고 싶더라고!"

선뜻 이해가 되지 않아 나는 시어머니 입만 쳐다보고 있었
다.

"나도 멀쩡한 아이를 낳을 수 있다는 거!"

순간 그 말이 어찌나 아프게 들리던지, 누군가 차가운 냉기
를 뿜어낸 듯 내 몸이 서늘해졌다.

"다들 한마디씩 했었거든. 첫째가 몸이 성하지 않아 어쩌
냐고. 둘째는 낳을 수도 없지 않으냐고⋯ 그래서 생각했
지. 둘째 낳다가 죽는 한이 있어도 증명해 보이겠다고 말
이야."

시어머니 얼굴에 그늘이 빼곡히 들어찼다.

"둘째 때는 임신 중독 증세가 없으셨어요?"

"왜 없었겠어. 또 죽을 뻔했지. 몸이 퉁퉁 부어서 사람 같
지도 않았어. 그래도 이를 악물고 버텼지. 멀쩡한 아이
하나 낳아보겠다고 말이야. 그래도 얼마나 다행이야? 둘
째는 멀쩡하니까."

"어머니 그런데 굳이 증명하지 않아도 되는 일인데⋯"

"그렇지⋯ 근데 딱히 내가 내세울 것도 없고⋯ 자식 하
나라도 멀쩡하면 소원이 없겠다 싶어서 그랬어."

시어머니 거친 손이 눈물을 훔치고 지나갔다. 그때 아주버님이 식탁 의자에서 휘청거리며 일어났다. 아주버님이 휘적휘적 걸어가는 그 뒷모습에서 시선을 떼지 못한 시어머니 눈빛이 일렁이는 걸, 나는 목구멍이 따끔거리는 걸 달래며 쳐다보고 있었다.

아이에게 한창 동화책을 읽어주던 시절, '존재 자체를 긍정해주고 축복해주라는 말'과 만난 적이 있다. 세상에 태어난 것만으로 충분히 축복받아야 마땅하다는 말. 마음을 다해 아이의 존재를 긍정해주라는 말. 그 대목을 읽는데 난데없이 시어머니의 '증명' 이야기가 겹쳐져 눈물이 찔끔 나고 말았다. 멀쩡한 아이를 낳는 것이 자신을 증명하는 일이라면 참 서글픈 일이 아닐까? 주변인들의 무심한 말들 때문에 목숨을 걸고 아이를 낳아야 하는 일, 그렇게라도 가치를 증명하고 싶었던 마음… 그 속을 누가 이해할 수 있을까?

그날부터 나는 아이가 탁월함을 증명하는 것을 기대하지 않게 되었다. 그리고 가끔 이렇게 말한다.
　"네 존재를 긍정해줘라. 자신을 스스로 사랑하고 보듬어라. 굳이 너의 가치를 증명하려 애쓰지 마라. 너는 존재 자체로 완벽하니까!"
존재를 증명하고, 가치를 증명하는 일, 그 일들은 참 고단하고 서글프다. 그 마음 너머에 인정받고 싶은 '아이 같은 마음'이 있기 때문일 테다. 그 마음을 보듬어준다면 우린 굳이 증명하지 않아도 괜찮은 사람들이 되는 게 아닐까? 증명하려 애쓰는 마음을 다 내려놓고, 증명으로부터 멀어진다면 삶이 가벼워질 것만 같다. 그럼 우리 모두 조금은 더 행복해지지 않을까?

네 존재를 긍정해줘라. 자신을 스스로 사랑하고 보듬어라. 굳이 너의 가치를 증명하려 애쓰지 마라. 너는 존재 자체로 완벽하니까!

필리핀 어학연수 시절, 하숙집에 동갑내기 남자와 여자가
있었다. 둘은 성격이 외향적이고, 화통한 덕분에 금세 절친
이 되어 붙어 다니기 시작했다.

"너희 둘, 그러다가 사귀는 거 아니야?"

우리가 장난 섞인 농담을 던지면 둘이 동시에 손사래를 치
기 바빴다. 남자는 딱 3개월만 필리핀에 머물다 미국으로
간다고 했고, 한국에 여자 친구가 있다는 말도 습관처럼 반
복했다. 남자가 여자 친구 이야기를 할 때마다 여자는 남자
곁에서 아무렇지 않은 듯 미소를 지었다.

어느 날, 남자의 여자 친구가 필리핀에 놀러 온다고 했다.
들뜬 남자는 호텔을 예약하고, 보라카이행 비행기 표를 알
아보느라 분주했다. 여자는 묵묵히 남자를 돕더니 점점 웃
음을 잃어갔다. 그러다 남자가 여자 친구와 보라카이에 가
있던 며칠 동안은 텅 빈 얼굴로 입을 닫아버렸다. 까맣게 그
은 얼굴로 남자가 돌아왔다. 하숙집 앞에 택시가 설 때마다

밖으로 고개를 내밀던 여자는 남자를 보자마자 한달음에 달려가 방방 뛰어올랐다. 그리고 그때부터 강력한 '신호'를 보내기 시작했다.

가령 이런 식이었다. 밤늦은 시간, 출출해진 둘이 집 앞 편의점에 간다고 했다. 잠시 후, 아래층으로 내려온 여자를 보자마자 내 눈이 휘둥그레졌다.

"우와! 근사하다! 어디 데이트라도 가는 거야?"

여자는 배시시 웃으며 고개를 저었다. 그 야심한 밤에 단정한 원피스를 입고, 빨간 립스틱을 바른 여자가 남자를 기다리고 있었다. 마침내 남자가 내려왔다. 후줄근한 티셔츠에 빛바랜 바지, 대충 눌러쓴 야구모자까지, 누가 보아도 남자는 '신호'를 받을 생각이 전혀 없어 보였다.

여자의 정갈한 뒷모습이 사뿐사뿐 춤을 추는 동안, 남자의 눈치 없는 뒤통수가 삐죽삐죽 멀어져 갔다. 그날 이후에도 여자의 '신호'는 집요하게 이어졌다. 하지만 남자는 미국으로 떠나는 순간까지 여자의 신호를 못 받은 척, 혹은 모르는 척 시치미를 뚝 떼고 말았다.

오래전, 친구처럼 자주 어울려 놀던 무리 중에 별명이 '키아누 리브스'인 남자가 있었다. 외모가 키아누 리브스를 닮은 것은 물론이고, 성격도 쾌활하고, 의리도 있으며, 유머 감각까지 뛰어나서 일명 '인기남'이었다. 어울려 놀면 놀수록 나와 친구 A, B는 키아누 리브스에게 눈을 반짝였고, 그를 향해 크고 작은 '신호'들을 보내곤 했었다. 하루는 군대에 간 키아누 리브스가 우리 사진을 보내 달라고 편지를 썼길래, 셋이 한껏 차려입고 찍은 사진을 보내주기도 했다. 그러다 그가 제대한 후에 우린 또 신나게 어울려 놀았고, 그때마다 별을 박아넣은 눈을 그에게 고정한 채, 언제 올지 모를 신호를 기다리곤 했다. 그러면서 행여 그에게 여자 친구가 생길까 봐 노심초사하는 것도 잊지 않았다. 그를 향한 우리의 '신호'는 시간이 갈수록 더욱 강력해졌다. 편한 옷 대신 불편하지만 예쁜 옷을 입기 시작했고, 그것도 모자라 서툰 손놀림으로 마스카라며 아이라인, 진한 립스틱까지 발랐다.

어느 날, 키아누 리브스에게서 전화가 왔다. 그의 목소리를 듣는 순간, 나는 내가 '승리자'라고 확신했다. 나의 강력한 신호에 걸맞은 강력한 답신이 왔음을 자축하며, 반갑게 소리쳤다.

"안녕! 인기남이 어쩐 일이야? 전화를 다 주고?"

구름 위를 걷는 듯 들뜬 목소리가 그를 향해 날아갔다. 그는 할 말이 있다는 듯, 말을 길게 늘였다. '그래! 수줍기도 하겠지. 자! 말해보렴!' 나는 혼자 히죽히죽 웃어대며 그의 고백을 기다렸다.

"오늘은 선물 고르느라 B의 도움을 받은 거야."

예상외의 말에 내가 눈을 치켜떴다.

"뭐라고? 그게 무슨 말이야? B를 만났다는 거야? 오늘?"

한층 높아진 내 목소리에 당황한 듯 그가 말이 없었다. 그러다 잠시 후, 조심스레 물었다.

"B가 말 안 했어? 아는 누나한테 줄 선물을 고르는데 딱
히 물어볼 데가 없더라고. 그래서 B한테 부탁했지. 같이
남포동에서 선물도 고르고, 밥도 먹었는데…"

'삐삐삐삐!' 나쁜 신호가 날아들자 내 머릿속에서 경고음이
울렸다. 의리녀들의 우정에 강력한 경고등이 켜진 상황이었
다.

"난 금시초문인데…"

"B가 깜빡했나 보구나. 조만간 우리 다 같이 모여서 술
한잔하자! 그럼 잘 지내!"

전화기를 든 내 손이 부들부들 떨렸다. 나는 곧바로 A에게
전화해서 전후 사정을 설명했고, A도 크게 화를 냈다. 우린
한참 동안 B에 관한 섭섭함을 쏟아내다가, B가 스스로 말할
때까지 인내심을 발휘하기로 합의했다. 하지만 이후에도 B
는 키아누 리브스를 따로 만난 사실을 우리에게 털어놓지
않았고, 급기야 마음이 상해버린 셋이 크게 싸우고 말았다.
물론 B의 항변은 내 예상을 빗나가지 않았다.

"너희들이 알게 되면 싫어할까 봐…"

나는 친구 간의 '의리'에 관해 열변을 토했고, B는 한껏 상
처 입은 얼굴로 눈물을 뚝뚝 떨궜다. 그렇지만 늘 그렇듯 우
린 술로 화해를 했고, 깨진 우정과 의리를 응급처치한 후,
다 같이 한 발짝 뒤로 물러섰다. 키아누 리브스를 다시 만난
날, 나와 A는 예전의 수수한 얼굴로 돌아갔고, 풀 메이컵을

한 사람은 B뿐이었다. 그날 나는 키아누 리브스와 B 사이에 오고 가는 색색깔의 신호들을 구경했었다.

그때의 경험 덕분인지 나는 사람들이 보내는 신호를 비교적 세심하게 관찰하는 습관을 갖게 되었다. 가끔은 아주 작은 신호들이 깨알처럼 포착되기도 하고, 또 가끔은 신호들을 애써 부정하는 사람들의 미묘한 행동이 눈에 들어오기도 한다. 나는 이렇게 다양한 신호를 관찰할 때마다, 그 늦은 밤 원피스에 빨간 립스틱을 발랐던 하숙생을 떠올린다. 그리고 이어서 키아누 리브스에게 잘 보이려고 생전 처음 진한 립스틱을 바르고, 연신 거울을 들여다보던 우리 셋의 수줍음도 떠올려 본다.

우리는 살면서 무수히 많은 신호를 보내고 받는다. 퇴근한 남편의 '끙' 소리도, 갑자기 '휴' 하고 한숨을 내쉬는 아이의 소리도, 입술을 달싹이며 말을 참는 내 모습도 모두 신호인 것이다. 하지만 눈과 귀, 마음을 기울이지 않으면 그냥 흘러가 버릴 무언의 말들이다. 조용히 상대에게 집중하면, 수십 가지 '신호'들이 나를 향해 날아들고, 그 순간 비로소 상대를 이해하게 되는 건 아닐까? 그러니 눈과 귀, 마음을 상대 쪽으로 살짝 기울여 보는 건 어떨까? 상대를 이해하고, 동시에 나를 이해하게 되는 기회가 될지도 모르니까 말이다.

비가 억수같이 쏟아지는 날이었다. 시야를 완전히 가린 빗줄기 탓에 걸음을 내딛기도 쉽지 않았다. 우산을 살포시 기울여 눈으로 간판을 훑었다. 그녀와 만나기로 한 커피숍이 저 멀리 보였다.

순간, 바람이 휙 쓸고 지나갔다. 우산이 휘청! 바람과 폭우가 쏟아졌다. 지나가는 사람들마다 생명줄처럼 우산을 부여잡았다. 그사이 내 점퍼와 가방이 반쯤 물에 잠긴 듯 축축해졌다. 커피숍 앞에서 거칠게 우산을 털어내며 지긋지긋한 폭우라며 중얼거릴 때였다.

"오늘처럼 비가 무섭게 쏟아지는 날이면 생각나는 사람
이 있어."

늘 똑 부러진 말투로 명쾌하게 말하던 그녀가 낯선 얼굴을 했다. 그리운 듯, 쓸쓸한 듯, 그녀의 눈빛이 묘하게 흔들렸다.

:

유학생들 모임이 있던 날이었다. 가벼운 농담을 주고받으며 술잔을 기울이는 시간.

"너 이거 좋아하지?"

남자가 보란 듯이 계란찜을 그녀 앞에 내려놓았다. 시선이 일제히 계란찜과 그녀에게로 쏠렸다.

"이야! 둘이 심상치 않은데?"

"에이! 그런 거 아니야!"

급히 손사래를 치는 그녀의 입술이 움찔거렸다.

"아니긴 뭐가 아니야! 둘이 은근히 잘 어울리는데. 이참
   에 잘해보는 게 어때?"

호기심 어린 눈들이 둘을 향해 시선과 말을 쌓아 올렸다.

"잘해봐! 잘해봐!"

장난치듯 사람들이 손을 들어 올려 소리쳤다. 뺨이 후끈 달아오른 그녀는 멋쩍게 웃어버렸다.

"어머! 밖에 비 좀 봐!"

때마침 무섭게 변해버린 빗줄기가 화제를 낚아챘다. 사람들이 목을 늘여 밖을 내다보는 순간, 그녀는 기다렸다는 듯 고소한 계란찜 한 숟갈을 입에 쏙 넣었다. 그리고 옆에 앉은 남자를 슬쩍 쳐다봤다. 남자의 시선이 재빨리 그녀에게 닿았다. 둘은 반짝이는 눈빛을 주고받으며 싱긋 웃었다.

한참 만에 모임이 끝났다. 그런데 기세가 꺾이지 않은 폭우 탓에 다들 발이 묶여버렸다.

"우리 그냥 미친 척하고 빗속으로 뛰어드는 게 어때?"

남자가 장난처럼 말했다.

"좋아! 그럼 내가 먼저 나갈게!"

그녀와 눈을 맞춘 남자가 보란 듯이 문을 열고 나갔다. 땅에 내리꽂히는 빗줄기 소리가 생생하게 들려왔다. 모험을 앞둔 사람들의 얼굴에 긴장과 기대가 꽉 들어찼다. 순서대로 한 명씩 번지점프를 하듯 문밖으로 폴짝 사라졌다.

이제 그녀 차례였다. 훅, 숨을 들이쉬고 그녀도 폴짝, 발을 내디뎠다. 온몸이 빈틈없이 빗줄기로 채색된 순간, 누군가의 손이 그녀의 손을 획 낚아챘다. 흐린 시야에 남자의 시원한 입매가 얼핏 드러났다. 그녀의 손을 잡고, 남자가 가볍게 뛰기 시작했다. 흠뻑 비를 맞는 즐거움과 잡은 손의 들뜸이 맑은 웃음소리를 만들어냈다. 그녀도 남자도 우스워죽겠다는 듯 쉬지 않고 깔깔거렸다.

마침내 그녀의 집 앞에 도착했다. 숨을 고르는 동안 남자는 연신 머리를 긁적였다.

"오빠! 데려다줘서 고마워요!"

생전 처음 맛본 해방감 덕분에 그녀의 목소리에 생기가 들어찼다.

"응… 근데 말이야… 혹시… 한 번 안아봐도 될까?"

수줍은 듯 시선을 발끝에 모은 남자가 말했다. 눈매를 크게 늘린 그녀는 쏴아, 하는 빗소리만 귀에 담고 있을 뿐이었다. 그녀와 남자 사이, 빗소리가 어색한 공기를 채우며 시간이 흘러갔다. 그러다 남자가 시선을 끌어올린 순간이었다.

"아… 아… 아뇨."

얼떨결에 그녀가 대답했다. 턱 끝에서 물이 뚝뚝 떨어지던 남자의 얼굴에 실망감이 서렸다. 황급히 돌아선 남자의 등이 멀어질수록 그녀의 고개도 깊이 내려앉았다. '그냥 박력 있게 안으면 될걸. 묻긴 왜 물어' 아쉬움과 원망이 남자의 등에 가서 달라붙었다. 흐린 시야에서 남자의 등이 완전히 사라지자, 그제야 그녀의 가슴에 쿵, 하는 소리가 났다. 그리고 그녀의 발이 남자가 달려간 방향으로 바삐 움직이기 시작했다.

잠시 후, 전철역에 도착한 그녀는 간절한 눈빛으로 전철 안을 빠르게 살폈다. '만약에… 그를 발견하면 내가 고백할 거야' 입술에 바짝 힘을 주며 다짐했다. 그러는 동안 남자의 뒷모습과 엇비슷한 남자들이 무심한 얼굴로 그녀 곁을 스쳐 지나갔다.

전철이 움직이기 시작했다. 흔들리는 그녀의 눈빛이 남자의 등을 애타고 찾고 있었다. 텅 빈 얼굴의 남자들을 태우고 전철이 유유히 멀어져갔다. 망연자실한 얼굴로 서 있던 그녀는 전철 꼬리를 보며 계속 되뇌었다.

'만약에… 만약에…'

:

커피를 홀짝이며 그녀의 이야기를 듣던 나도 생각했다. '만약에… 그날 남자의 질문에 'Yes'라고 대답했더라면?' '만약에… 그날 전철역에서 남자를 발견했더라면?'

앞이 보이지 않을 만큼 비가 쏟아지는 날이면, 그녀는 처음이자 마지막으로 남자의 손을 잡고 느꼈던 그 격한 해방감을 떠올린다. 그리고 '만약에 그날로 돌아간다면 다른 선택을 했을까?'라고 자문해본다.

마주 앉은 그녀와 나 사이, 강렬한 빗소리가 '만약에'라는 말을 후두둑 떨어뜨리고 멀어져 갔다.

"내가 속상해서 못 살아!"

외할머니가 눈을 작게 만들며 말했다.

"엄마! 왜? 며느리랑 또 싸웠수?"

보나 마나 뻔하다는 듯 엄마가 입맛을 다시며 물었다.

"어쩜 저렇게 하나부터 열까지 마음에 안 드는지… 이번
엔 이상한 종교에 빠져서 난리야."

외할머니 볼이 씰룩일 때마다 톡 튀어나온 광대뼈도 이리저
리 움직여댔다.

"사이비 종교? 어휴! 걘 왜 그러나 몰라. 일단 엄마가 좀
참아."

엄마 손이 외할머니 굽은 어깨에 척 올라앉았다.

"내가 참아야지 뭘 어쩌겠어… 흐흐흐 흑흑… 그건 아는
데… 해도 너무 하잖아. 흐흐흐 흑흑… 너희 아버지 돌아
가시고 내가 찬밥 신세가 됐지 뭐. 다 내 팔자인걸. 이놈
의 기구한 팔자가 어디 가겠어?"

외할머니 눈에서 눈물이 또로록 떨어졌다.

"어이구! 우리 엄마 또 운다. 울보네! 내가 가서 한마디
따끔하게 할 테니까 울지 마! 알았지?"

어린아이를 달래듯 엄마 목소리가 부드러워지면 그제야 외
할머니는 어깨를 슬쩍 펴곤 했다.

그 옛날, 외갓집 벽에는 사진들이 촘촘히 붙어있었다. 사진
구경을 하던 내가 엄마를 끌어당겼다.

"엄마! 이 사람은 누구야?"

콩나물 무치던 손을 들어 올린 채 엄마가 사진을 들여다봤
다.

"외할머니!"

바쁘다는 듯 엄마가 주방 쪽으로 몸을 돌렸다. 고개를 갸웃
거리던 내가 엄마를 막아섰다.

"외할머니 얼굴이 지금이랑 많이 다르네?"

"엄마 친엄마 사진이야."

"뭐? 친엄마? 그럼 지금 외할머니는?"

행여 주방에 있는 외할머니가 들을까 봐 내 목소리가 모기
만 해졌다.

"엄마가 아주 어렸을 때 돌아가셨어. 그리곤 지금 외할머
니가 오셨지."

"그럼… 새엄마인 거야?"

'새엄마'라는 단어를 뱉어내는 순간, 심장에서 쿵 소리가 나

는 것 같았다. 엄마는 작게 고개를 끄덕이곤 주방으로 돌아 갔다.

나는 멍하니 서서 사진 속 '진짜' 외할머니를 눈에 꾹꾹 눌러 담았다. 그러고 보니 진짜 외할머니는 우리 엄마랑 꼭 닮아 있었다. 살짝 내려앉은 눈매며 옅은 미소, 다부진 입매까지. 그때 외할머니가 주방에서 나와 현관 쪽으로 뛰어갔다. 송아지 같은 눈도, 톡 튀어나온 광대뼈도, 마디 굵은 손가락도 엄마에겐 없다는 걸 나는 그날 처음으로 깨달았다.

그때부터였던 것 같다. 나는 친엄마와 새엄마의 차이점을 알아내고자 외할머니와 엄마, 외할머니와 이모의 대화를 열심히 듣기 시작했다.

"엄마! 이거 엄마 주려고 내가 샀어. 어때?"

알록달록 바지를 사 들고 온 이모 얼굴이 환히 빛났다. 바지가 싫지 않은지 외할머니 광대뼈가 실룩샐룩 춤을 췄다.

"이런 걸 왜 사 와. 나 입을 바지 많은데."

말은 그렇게 하면서도 외할머니의 마디 굵은 손가락들은 바지를 어루만지느라 분주했다.

"엄마! 밥 먹고 가! 내가 금방 차릴게."

엄마가 주방으로 뛰어가며 말했다. 잠시 후, 외할머니는 엄마가 차려낸 밥상에 붙어 밥 한 그릇을 뚝딱 비워내곤 흐뭇하게 웃었다. '이상하다! 전혀 새엄마 같지 않잖아! 신데렐라, 콩쥐팥쥐 보면 새엄마들이 엄청 못된 건 둘째치고, 주인공을 연신 괴롭히던데…'

그 후에도 오랫동안 세심히 관찰했지만, 결국 차이점을 발견하지 못했다. 덕분에 나의 야심 찬 탐정 놀이 또한 허무하게 끝나고 말았다.

한참 후, 그 마을에 소문이 돌았다. 며느리가 외할머니 옷가지들을 불에 활활 태워버렸다고. 살아있는 사람의 옷을 태우길래 다들 의아하게 생각했다고. 이게 모두 며느리가 믿는 사이비 종교 탓이라고. 그 일이 있은 지 불과 며칠 만에 외할머니가 돌아가셨다. 엄마는 목놓아 울었고, 외삼촌 부부에게 온갖 욕을 퍼부었다.

"엄마! 우리 엄마! 우리 엄마 불쌍해서 어떡해…"

엄마 입에서 나오는 '우리 엄마'는 사진 속 친엄마가 아니라, 송아지 눈 새엄마가 확실했다. 가슴을 툭툭 쳐대며 어찌나 서럽게 울던지, 감히 엄마를 토닥이거나 위로할 수 없을 정도였다. 사라진 엄마를 찾는 딸의 꺼억꺼억 울음소리가 한참 동안 이어졌다.

어느 날, 내가 물었다.

"엄마! 새엄마도 그냥 엄마랑 똑같아?"

달리 생각할 필요도 없다는 얼굴로 엄마가 날 쳐다봤다.

"새엄마든 헌 엄마든 엄마가 되면 진짜 엄마인 거지."

"그럼 외할머니도 엄마한테는 진짜 엄마인 거야?"

"당연하지. 낳아준 정보다 길러준 정이 더 깊은 법이야.

난 한 번도 우리 엄마를 새엄마라고 생각한 적 없어."

단호한 표정으로 엄마가 말했다. 엄연히 새엄마인데 새엄마라고 생각하지 않는다는 말. 꼬맹이 시절에는 이해할 수 없던 그 말을 나는 이제야 비로소 이해하게 되었다. 그리고 새엄마를 친엄마로 받아들여 지극히 사랑했던 우리 엄마 마음도 헤아릴 수 있게 되었다. 완전히 다른 얼굴의 모녀가 엄마와 딸로 인연을 맺고, 서로 사랑할 수 있었던 건 참 행운인 것 같다. 엄마는 엄마로서, 딸은 딸로서, 행복할 수 있었을 테니까.

햇살 쏟아지는 창가에 서서 문득 이런 생각을 했다.

'내가 엄마를 그리워하듯, 엄마도 엄마를 그리워하겠지. 그리고 그 엄마도 엄마를 그리워하고… 그렇게 엄마에 대한 그리움들이 세상 어딘가에서 돌탑처럼 쌓여가겠지…'

"잘 지냈어?"

오랜만에 만난 그녀가 건넨 짧은 인사말이 묘하게 나를 불안하게 만들었다.

"응… 너도 잘 지냈어?"

"그럼, 당연하지"

확신에 찬 그녀의 말에 나도 모르게 가슴이 덜컹 내려앉고 말았다. '또 시작된 거야. 제발 이번엔 대단치 않은 덫이기를. 조금만 버둥거려도 벗어날 수 있는 수렁이기를…'

나는 그녀의 사랑을 쭉 지켜봐 왔다. 매번 얼마나 집착적이고, 맹목적이던지 보고만 있어도 숨구멍이 작아져 답답해지곤 했다. 그중 최악은 불과 몇 달 전 '사랑'으로, 폭력, 수술, 협박, 경찰 등 온갖 무서운 단어들이 휘몰아친, 그야말로 '미친' 사랑이었다. 한창 사랑에 빠져 있던 그녀가 '그'에 관해 서술한 지 몇 분 만에 내가 한마디 했었다.

"그만둬!"

그러자 한껏 상처 입은 표정으로 그녀가 고개를 저었다.

"그럴 순 없어. 이번엔 진짜 사랑이야!"

'진짜'에 힘을 준 그녀를 보며 내가 눈을 부릅떴다.

"너 기억 안 나? 지난번에도 똑같이 말했었잖아! 그놈의 사랑, 지긋지긋하지도 않니?"

"넌 이해 못 하겠지만… 그에겐 내가 필요해…"

시선을 툭 떨구며 그녀가 기어들어 가는 목소리로 말했다.

"내가 몇 번이나 말해? 널 필요로 하는 사람 말고, 혼자서도 잘 사는 남자를 만나야 한다고. 너는 너대로, 그 사람은 그 사람대로 잘살 수 있는 사람 말이야. 네가 하는 기울어진 사랑이 결국엔 어떻게 될 것 같아? 그 사람이 더는 널 필요로 하지 않으면? 넌 쓸모없는 인간으로 전락하고 마는 거니? 그렇게 의존적인 사랑 좀 그만해!"

진심으로 화가 났다. 모든 것을 주고도 결국 그녀에게 돌아오는 건 '버려지는 아픔'과 '상처' 뿐이라는 걸 누구보다 잘 알기 때문이었다.

영원할 것 같던 그녀의 '진짜' 사랑은 '접근금지 명령'으로 종결되고 말았다. 한동안 반성 모드로 잠잠하던 그녀에게 나는 최선을 다해 조언했었다.

"살아보니까 '평범한 것'만큼 좋은 것도 없는 것 같아. 이제 너도 좀 평범하게 살아 봐."

생기 잃은 표정으로 그녀가 고개를 끄덕였다.

"그래, 네 말이 맞아. 앞으로는 남자 따위 거들떠보지도 않을 거야. 정말이야! 나도 지겨워서 다시는 안 만나."

"정말이지? 또 이상한 남자랑 진짜 사랑이니 뭐니, 그런
  이야기 한 번만 더 하면 가만 안 둘 줄 알아"

내 말에 그녀가 피식 웃고 말았다.

하루는 그녀가 우울감이 심해졌다며 관련 카페에서 큰 위로
를 얻는다고 말했다.

"위로를 얻는 것까진 괜찮지만, 우울한 사람들끼리 만나
  지는 마"

내가 걱정스레 당부했다.

"걱정할 필요 없어. 그냥 서로 공감해주는 사람들이 있어
  서 위로를 받는 정도니까."

딱 그 정도면 좋았을 테다. 딱 그 정도만.

"카페에서 알게 된 친한 동생이 있어."

그 말을 듣자마자 불길한 예감이 내 머리를 스쳤다.

"내가 말했던 평범한 삶, 평범한 남자 이야기… 기억하고
  있는 거지?"

"그럼. 당연하지. 그 동생은 같은 어려움에 공감해주는
  좋은 동생일 뿐이야."

나를 만날 때마다 그녀는 '그 동생' 이야기를 쏟아냈다. 재
밌어 죽겠다는 듯, 까르르 웃음소리가 '그 애'라는 말과 짝
을 이루고 있었다.

"너 혹시 그 애랑 사귀는 건 아니지?"

굳은 얼굴로 물었다.

"얘는! 그게 무슨 말도 안 되는 소리야! 나보다 한참 어
린 동생인걸."

그 말끝에 희미한 웃음이 머물렀다. 순간 커다란 덫이, 거대
한 수렁이 그녀 주위에 어른거렸다. 나는 직감적으로 알아
버렸다. 이미 그녀가 덫에 걸렸다는 걸.

"그 애랑 결혼까지 할 것 같아."

날씨 이야기를 하듯 그녀가 무심히 말했다.

"뭐라고? 그게 말이 된다고 생각해?"

"왜 안 되는데?"

그녀가 따지듯 물었다.

"둘 다 우울감이 지나치게 높은데 어떻게 행복할 수 있
다는 거야? 그리고 보나 마나 이번에도 그 남자한테 네
가 필요하다고 말할 거잖아."

내 속에 불덩이가 훅 솟구쳤다.

"그 애는 나 아니면 안 돼…"

낯설지 않은 말이었다. 화를 넘어선 깊은 좌절감이 내 속을
휘젓는 순간, 눈앞이 캄캄해졌다.

"우린 서로를 정말 사랑하고 있어! 근데 넌 왜 그렇게 편
견 어린 시선으로 날 보는 거니? 왜 내가 행복하지 못할
거라고 단정 짓는 거냐고"

누가 보면 내가 저주라도 퍼부은 줄 알 것 같았다.

"잘 들어봐. 넌 항상 너에게 주어진 선택이 그것뿐이라고

말하면서 덫에 걸리는 거야. 사실은 아주 많은 선택이 앞에 있는데도 못 본 척하는 거라고. 그러면서 말하지. '다른 선택이 없었어' 아니! 지금도 선택이 얼마나 많은 줄 알긴 해? 제발 정신 좀 차려!"

화가 나를 삼켜버리기 전에 나는 그 뜨거운 말들을 빠르게 뱉어냈다.

"너 꼭 우리 엄마처럼 말하는구나? 우리 엄마가 나 몰래 그 애한테 전화했대. 그래선 딱 네가 한 말을 했다는 거야. 우울한 두 사람이 만나서 행복할 거 같냐고. 우리가 어린애들인 줄 아는 거야? 다 큰 성인들인데."

억울해 죽겠다는 듯 그녀가 씩씩댔다.

"내가 너희 엄마였어도 똑같이 했을 거야. 아니, 더 심한 말도 했을 거야. 왜냐고? 누가 봐도 네가 또다시 수렁에 빠지고 있으니까!"

그녀의 텅 빈 얼굴이 내 눈에 박혔다. 산산이 흩어진 말들은 보기 좋게 그녀만 빗겨 날아갈 뿐이었다.

"나 이만 갈게. 그리고… 이번엔 진짜 사랑이야…"

고장 난 라디오처럼 그녀는 이번에도 '진짜 사랑'이란 말을 반복했다. 멀어져가는 뒷모습을 보며 나는 진심으로 울고 싶어졌다.

편견 어린 시선으로 그녀를 바라본 건 맞다. 행복하지 못할 거라 단정 지은 것도 맞다. 다 큰 성인들의 의견을 존중하지 않은 것마저도 다 맞다.

하지만… 행복해질 수 있는 선택을 하면 안 되는 걸까? 불운의 씨앗만 집요하게 모을 수밖에 없는 걸까? 그 씨앗이 어떤 꽃을 피워낼지 그녀만 모르는 걸까?

엘리베이터에 올라 흘끔 거울을 들여다봤다. 금방이라도 울 것 같은 얼굴로 입매를 늘어뜨린 내가 보였다. 난 이렇게 평범하게 사는데, 너무 평범해서 지루하다 싶은데… 아무리 애를 써도 평범함에 닿을 수 없는 사람도 있구나… 그런데 그게 내 소중한 친구란 사실이 왜 이렇게 나를 서럽게 만드는 걸까… 이런 내 마음을 그 앤 알기나 할까?

'진짜 사랑' 앞에서 무용지물이 된 진짜 우정이 쨍그랑 소리를 내며 울퉁불퉁 길을 내달리기 시작했다.

"수아야 무슨 걱정 있어? 왜 그렇게 세상 다 산 사람 얼
굴을 하고 있어? 겨우 17살에 얼굴 가득 수심을 가진 아
이라니… 대체 무슨 걱정인데? 말 해봐"

당장이라도 걱정을 해결해주겠다는 듯 내가 다그쳤다. 수아
는 작은 눈을 더 작게 만들어 조용히 웃을 뿐 말이 없었다.
가끔 창밖을 내다보며 깊은 생각에 빠진 수아를 보며 나는
궁금했었다. '혹시 나와 비슷한 '어둠'이 있는 아이일까?'
나는 종종 수아가 내뿜는 '어둠'의 농도를 내 것과 비교하곤
했다. 그리고 그럴 때마다 내 '어둠'이 더 깊고 진하다고 확
신했었다. 수아는 곧잘 애늙은이 같은 말을 하는 바람에 친
구들에게 핀잔을 들었다.

"너, 그런 욕은 안 쓰는 게 좋겠어."

"너희 엄마가 알면 슬퍼하실 거야."

유치원 선생님이 할 법한 말을 수아는 아무렇지 않게 건네
곤 또 조용히 웃었다. 그럴 때마다 친구들은 입에 발린 소리

가 못마땅하다는 듯 눈을 흘겨댔다.

어느 날, 수아가 말했다.
"나, 사실 18살이야."
"정말?"
"왜?"
"학교를 늦게 입학한 거야?"
온갖 질문들이 쏟아졌다.
"그냥… 좀 아팠어."
그 말은 '소나기'에 나오는 소녀가 했던 말과 꼭 닮아 있었
다. 별일 아니라는 듯, '그동안 앓았다.'라고 간단히 흘려보
내는 말. 그 후, 우린 수아에게 높임말을 써야 할지, '언니'라
고 불러야 할지를 두고 고민 아닌 고민을 하기 시작했다. 결
국, 어정쩡하게 말끝을 흐리는 일들이 늘어나자 수아가 한
마디로 정리를 해버렸다.
"그냥 하던 대로 해"
그 말에 빵 터져버린 우린 낄낄거리며 다시 17살 동갑내기
로 돌아갈 수 있었다. 2학년 때, 우연히 수아 반 친구가 하는
이야기를 들었다.
"며칠째 수아가 학교에 안 오고 있어. 많이 아픈가 봐."
친구들에게 물어도 정확하게 어디가 아픈지 아는 사람은 아
무도 없었다. 하루는 담임 선생님이 굳은 얼굴로 말했다.
"옆 반에 수아 알지? 몸이 많이 아프대. 병원에 입원해

있는데, 혹시 병문안 가고 싶은 사람 있으면 다 함께 오
후에 가보는 게 좋겠어."

할 말을 가득 삼켜버린 듯한 선생님 얼굴 때문에 나는 계속
손톱을 깨물었다.

환한 햇살이 들어오는 병실에 핏기 하나 없는 수아가 보였
다. 우리는 울어야 할지, 웃어야 할지 몰라 애매한 표정으로
손을 흔들었다. 애늙은이 같은 말투는 여전했지만, 그 짧은
말을 하면서도 숨이 차서 힘들어하는 수아 모습은 아주 낯
설었다. 눈꺼풀을 완전히 들어 올릴 힘도 없는지 그 작은 눈
이 더 작아져서 눈을 뜬 건지 감은 건지 가늠하기 힘들 정도
였다.

"J야! 너 노래 잘하지?"

갑자기 싱긋 웃으며 수아가 말했다. 1학년 때 곧잘 노래를
불러주던 J가 얼떨결에 수아 옆에 앉았다.

"나, 그 노래 들려주라. 김건모의 드라마!"

무거운 분위기가 병실에 내려앉은 오후, J의 노래가 시작되
었다. 손뼉을 치기 딱 좋은 그 노래를 들으면서 우린 아무
도 손뼉을 치진 않았다. 그저 수아 혼자 손뼉을 치고, 고개
를 끄덕이며 노래를 흥얼거렸다. 그때 나는 문득 수아 얼굴
을 들여다봤고, 처음으로 내 '어둠' 따윈 수아 어둠에 견줄
수도 없다는 걸 깨달았다. 그리고 나는 수아처럼 가장 행복
한 얼굴로 가장 깊은 '어둠'을 내어 보일 순 없다는 것도 알
게 되었다. 내 '어둠'이 더 진하지 않아서 슬펐는지, 박자를

따라가지 못하는 수아의 느린 박수가 슬펐는지, 아니면 창으로 쏟아지던 햇살이 슬펐는지 알 수 없었다. 그저 아주 슬프다는 사실 하나만 내 속에 선명하게 떠올랐다. 노래가 끝나자 힘없는 목소리로 수아가 말했다.

"J야! 고마워! 진짜 고마워!"

수아는 끝내 학교로 돌아오지 못하고 훌쩍 떠났다. 병명은 백혈병이라고 했다. 우리는 부둥켜안고 울었다. 옆에서 우는 친구 얼굴에 더 서러워져 다 함께 목을 놓아버리고 울었다. 가슴이 쿡쿡 쑤시다가 저려올 만큼 울던 나는 수아를 마지막으로 봤던 그 날을 지우고 싶었다. 수아가 환자복을 입은 것과 힘이 없었던 것만 제외하면 모든 것이 우리의 '일상'이었던 그 장면, 병실에 가득했던 소독약 냄새, 떠다니던 먼지를 선명하게 비추던 햇살, 환자복에 묻은 얼룩까지, 말끔히 지워지면 좋을 것 같았다.

기억은 얼마나 집요한가! 함께하던 존재들이 다 떠나고도 기억은 끝내 지워지지 않고 내 속에서 못난 둥지를 틀어버리니 말이다.

'더 잘해줄 걸'

'더 사랑해줄걸'

'더 참아줄걸'

나의 오감이 이렇게 기억으로 빼곡히 채워진 탓에 삶이 부대끼는 건 아닐까? 그런데 오감에 박힌 기억들을 낱낱이 펼

쳐놓으면 얼마나 사소한지, 또 얼마나 강렬한지 놀랄 따름이다. 그 사람의 지긋한 눈빛, 함께 마셨던 차 한잔, 과자 한 조각, 함께 들었던 음악, 맞잡았던 손의 감촉, 상쾌한 체취까지, 어느 것 하나 허술하게 빠져나가지 않고 오감에 들어차 있다. 그리고 어느 순간, 생생함이 내 등을 떠밀어 나를 그날, 그곳에 척 데려다 놓는다.

김건모의 '드라마'가 흘러나오면, 나는 그날 그 병실에 가서 앉아있다. 부유하는 먼지들이 보이고, 노랫소리가 들리고, 숨이 가뿐 수아를 보던 먹먹함이 되살아난다. 그러다 노래가 끝나면 나는 떠나간 존재들에 관해 생각한다. 그리고 사과한다.
'미안해…'
내가 더 사랑해주지 못했던 존재들이 떠난 자리에 나와 기억만 남아있다.

지인을 만나러 가는 길, 집에서 읽던 책을 내려놓기 아쉬워 손에 꼭 쥐고 나왔다. 발아래 낙엽들이 사그락사그락 가을 소리를 내는 길을 나는 천천히 걸어갔다. 발끝마다 퍼져나 간 소리는 어느새 머릿속에 잔물결을 만들고 있었다. 잠시 후, 손에 쥔 책 속 이야기가 잔물결 위에 살포시 내려앉았 다.

원영 스님이 쓰신 〈지금이라도 알아서 다행인 것들〉이라는 책에 비구니 스님의 이야기가 나온다. 두 분의 인연은 오래 전 천일기도에서 시작되었다고 한다. 한 비구니 스님의 기 도하는 목소리가 밖으로 새어 나오자 그 소리에 매료된 원 영 스님이 귀를 기울였다. 그 소리는 마치 듣는 이의 엉킨 감정마저도 시원하게 풀어줄 듯 신비하게 들렸다. 그런데 놀랍게도 그 비구니 스님은 당시 말기 암 환자였다. 더 이상 가망이 없다는 슬픈 진단을 받고도 그녀는 기도에만 매진했다. 이후 열성적인 기도로 기적을 맞이하나 싶었지만, 얼마 지나지 않아 다시 죽음을 생각하게 되었다.

그녀의 곁에는 그녀를 돌봐주는 한 남자가 있었다. 그녀의 수족이 되어주고, 말벗이 되어주고, 그림자가 되어주는 남자였다. 그는 기꺼이 그녀의 그림자가 되었지만, 그녀 얼굴에 드리운 그림자는 열심히 지워주는 사람이었다. 그는 그녀가 있어서, 그녀는 그가 있어서 삶이 충만하고 행복했다. 그녀가 삶을 마무리할 즈음, 원영 스님이 그녀를 찾아갔다.

"그분은요?"

원영 스님이 물었다.

"며칠 전에 다녀갔어. 이제 오지 말라고 했어. 이런 모습 그분에게 더는 보이기 싫어서… 난 괜찮아."

그렇게 말하던 그녀의 마음속에 찬바람이 쓸쓸하게 불지 않았을까? 잠시 후, 죽음과 맞닿은 파리한 얼굴로 그녀가 처음이자 마지막으로 속내를 털어놓았다.

"나… 그 사람을 사랑했던 것 같아. 사랑하는 이를 마음에 품을 수 있어서 박복한 내 삶이 아름다웠던 거겠지. 그리고 이제는 다 놓아버리고 홀홀 털고 떠날 수 있을 것만 같아."

생의 마지막을 남자에게 보이고 싶지 않았던 그녀는 남자를 밀어내고 혼자 담담히 죽음을 기다리고 있었다. 그리고 차가운 법당에서 인연을 맺었던 사람들 한 사람 한 사람을 위해 최선을 다해 기도했다. 물론 그림자가 되어준 남자에 대한 기도가 가장 치열하고 열성적이었을 것이다.

원영 스님은 그녀 앞에서 숨죽여 울었다. 그러자 그녀가 등을 토닥이며 늘 지니고 있던 목각 동자승을 건넸다. 동자승 같은 마음으로 35년을 살았던 그녀가 마지막에 고백과 함께 내어놓을 것이라곤 그녀를 닮은 목각 동자승뿐이었다.

원영 스님은 말한다. '사랑은 교통사고처럼 일어난다'고. 누구도 예외일 수 없다고. 그리고 비록 속세와 인연을 끊은 그녀지만 그녀 또한 우연찮게 교통사고를 당한 것뿐이라고.

세속적인 관점에서 누군가는 그녀를 비난하는지 모른다. '비구니 스님이 사랑이라니'라면서. 하지만 그녀는 나름의 방식으로 끝까지 집착을 털어내고 떠났다. 인간의 몸으로 극한의 수행을 거듭해 사랑이라는 번뇌로부터 벗어났기 때문이다.

그녀를 한 인간으로, 한 여자로 가만히 떠올려보면, 가슴이 절로 먹먹해 온다. 그리고 얼마나 서러웠을까 싶어 손이라도 꼭 잡아주고 싶어진다.

가을 소리가 선명하게 들려오는 길에 서서, 나는 그녀의 아픈 사랑이 담긴 책을 꼭 쥐고, 먼 산을 바라보았다. 사랑하는 사람 앞에서 얼굴이 붉어지듯 산이 곱게 물들어가는 계절, 나는 애처롭게 떠난 비구니 스님에 관해 생각하고 또 생각했다. 그리고 남겨진 그녀의 '그림자'에 관해서도 생각했다. 행여나 그녀의 빈자리가 고독이 되어 남자를 삼켜버리

면 어쩌나 하는 걱정이 밀려왔다. 그러다 문득 한없이 외로
워진 나는 울음을 꿀꺽 삼켜 버렸다.

"멀리서 보니까 너 참 행복해 보이더라. 경치감상 한 거
야?"

어느새 다가온 지인이 물었다. 나는 빨간 눈으로 웃어버렸
다. 순간 노을을 바라보며 참 외로웠던 원영 스님의 이야
기가 떠올랐다. 너무 외로워서 무기력해지고, 눈물이 날 것
같던 어느 날, 붉게 퍼져가는 노을을 보고 있었다고 했다.
노을을 보는 동안 마음속에선 외로움이 흘러넘쳐 걷잡을 수
없는 지경에 이르렀다. 그때 누군가 스님에게 말했다.

"노을 속에 서 있는 스님 모습이 참 멋져 보여요."

진한 고독이 우리 내면을 꽉 채운 순간조차 타인의 눈에 비
친 우리는 그저 그림 속 주인공일지 모른다. 평화롭게 경
치와 노을을 감상하는 주인공들 말이다.

만약 그런 순간이 내게 또 온다면, 나는 기꺼이 고독은 고독
에게 줘버리고, 행복한 주인공이 될 생각이다. 특히 외로운
가을, 누군가의 슬픈 사랑 이야기를 읽은 후에는 더욱더.

기분 좋게 걸음을 옮기고 있었다. 맞은편에서 비척대며 걸어오는 여자가 보였다. 내 시선은 미끄러지듯 그녀를 지나 주변부를 훑어갔다. 그러다 뭔가에 홀리기라도 한 듯 시선이 그녀의 머리로 돌아가선 한동안 움직이지 않았다. 밝은 갈색톤, 엉성한 앞머리, 풀풀 날리는 한올 한올의 머리카락들이 어색함을 일부러 '연출'이라도 한 것처럼 보였다. 두피가 간지러운지 그녀가 손톱을 세워 정수리를 콕콕 찍어 내렸다. 그리고 햇볕이 그녀의 머리 위로 살포시 내려앉는 순간, 밝게 물들어가는 갈색 머리카락이 내게 말을 걸어왔다.

중학생 때, '은희'라는 친구가 있었다. 동글동글한 얼굴에 웃음이 예뻤던 아이였는데, 생각이나 말투가 조금 독특한 구석이 있어서 나는 그 아이가 좋았다. 마침 내가 그 아이 뒷자리에 앉게 되자, 나와 짝꿍, 은희는 점심시간에 같이 밥을 먹으며 수다를 떨곤 했다.

그러던 어느 날, 교실에 들어서는 은희가 왠지 이상했다. 크고 동그란 눈을 불안하게 돌리며 친구들 눈치를 보고 있었다. 반가워 번쩍 들어 올린 내 손도 공중에서 멈춰 섰다. 잠시 후, 은희가 들어서자 친구들이 웅성대기 시작했다.

"쟤 머리 왜 저래? 꼭 가발 같은데?"

"혹시 엄마한테 머리카락 잘린 거 아냐?"

아이들이 온갖 추측을 늘어놓는 동안에도 은희는 전혀 반응을 보이지 않았다. 자리에 앉은 은희의 갈색 털들이 내 눈앞에서 어지럽게 시야를 흔들었다. 누가 보아도 조잡한 털이었고, 앞머리는 너무 풍성했으며, 정수리가 살짝 들린 모양새가 누가 휙 당기면 금세 미끄러질 듯 아슬아슬해 보였다. 다음 순간, 두피에서 땀이 나는지 은희가 손톱을 세워 정수리를 콕콕 찍어댔다. 그 손놀림이 하도 묘하고 신기해서 나는 살짝 손을 뻗어 머리끝을 톡 건드려보았다.

내 손길을 느낀 건지 은희가 고개를 돌려 나를 째려봤다. 마치 신성한 보물이라도 더럽혔다는 듯 원망스러운 눈빛에 나는 무안해져서 얼굴을 붉히고 말았다. 쉬는 시간, 짓궂은 아이들이 은희 주변으로 모여들었다.

"너, 이거 가발이지?"

"아니야!"

은희가 딱 잘라 말했다. 그러자 아이들이 키득키득 큰소리로 웃었다.

"그럼 내가 당겨보지, 뭐!"

다른 아이가 머리끝을 당기려는 시늉을 했다. 놀란 은희가 두 손으로 정수리를 잽싸게 감쌌다. 아이들 웃음소리가 높아졌다. 그러는 동안, 내 속은 갑갑해져 갔다. '그냥 솔직하게 말하면 되잖아. 도대체 뭐가 문제야!' 나는 은희의 거짓말이 마음에 들지 않아 입을 툭 내밀었다.

점심시간, 우리 셋을 둘러싼 공기가 냉랭했다. 서로 눈치만 볼뿐, 아무 말도 없었다.

"은희야… 저기 말이야… 그 가발…왜 쓴 건지 말해줄 수 있어?"

마침내 짝꿍이 주섬주섬 물었다. 그러자 눈을 치켜뜬 은희가 아까처럼 단호한 말투로 말했다.

"이거 가발 아니야!"

나도 모르게 미간을 찡그렸다. 냉랭하던 공기는 아예 꽁꽁 얼어붙어 누구도 선불리 입을 열지 못하게 만들었다. 다음 날, 나와 짝꿍은 심각한 얼굴로 은희의 거짓말에 관해 이야기를 나눴다. 그리고 작은 머리통을 맞대고 잔인한 결론에 이르렀다. '은희와 밥을 먹지 말자!'

점심시간이 되자, 은희가 몸을 척 돌려 내 책상 위에 도시락을 올렸다. 나와 짝꿍은 애매한 눈빛을 주고받다가 기어들어 가는 목소리로 말했다.

"우리… 오늘은 영주랑 먹기로 했어."

창문으로 들어온 햇살 때문에 은희의 가발이 반짝였다. 그 밝은 빛이 얼굴을 감싸는데도, 은희의 낯빛은 한없이 어두

위졌다. 은희의 시선이 책상 아래로 툭 떨어지자, 나는 큰 잘못이라도 저지른 사람처럼 마음이 불편해지고 말았다.

그렇게 우리는 은희를, 아니 '가발을 쓴' 은희를 밀어내 버렸다. 그 후, 은희는 어깨를 잔뜩 옹송그린 채, 매번 쓸쓸하게 혼자 밥을 먹었다.

맞은 편, 가발을 눌러쓴 여자의 시선이 나와 마주쳤다. 그녀는 밝은색 가발을 쓰고도 전혀 행복해 보이지 않았다. 그 시절 은희처럼. 햇살을 머금은 갈색이 그녀의 얼굴에 전구를 밝힌 듯 화사함을 붙잡고 있었지만, 그녀의 시선은 이리저리 나부끼느라 정신이 없었다.

은희와 멀어졌던 건, 순전히 은희가 거짓말을 해서라고 믿었었다. 뻔히 가발인 줄 아는데, 당당하게 거짓말을 하는 아이와는 더 이상 친구가 될 수도, 밥을 먹을 수도 없다는 것이 나와 짝꿍의 이유였다. 하지만 맞은 편에서 걸어오는 여자를 보는 순간, 누군가 살을 꼬집듯 따끔, 몸 한구석이 아팠다.

'사실은 너희가 은희를 밀어낸 거야. 은희랑 계속 어울렸다간 너희마저 아이들의 비웃음을 살까 봐 겁이 났던 거지.'

내내 묻어두었던 진실이 갈색 가발을 통해 전해져왔다. 성철스님은 자기를 속이는 사람, 자기를 바로 보지 못하는 사람을 일컬어 '거울을 들여다보고 울면서 거울 속의 사람보고는 웃지 않는다고 성내는 사람'이라 했고, '몸을 구부리고 서서 그림자를 보고 바로 서지 않는다고 욕하는 사람'이라 고도 했다.

그 옛날 나는 우는 얼굴로 거울을 들여다보며, 나에게 웃지 않는다며 성을 냈는지도 모른다. 그리고 사실은 이미 마음 속 깊이 알고 있었지만, 내가 나를 속이는 일이 가장 쉬워서 계속했는지도 모른다.

정호승 시인은 성철 스님의 말씀에 빗대어 '내가 쓴 시도 결 국 나를 속인 결과물일 뿐이라는 생각에 갈수록 시 쓰기가 두려워진다'고 했다. 그렇게 매 순간, 우리는 능숙하게 자신 을 속이며 살아가고 있는지도 모른다.

가발을 쓴 그녀가 지나갔다. 세운 손톱으로 정수리를 콕콕 찍어대며 그녀가 멀어져 갔다. 앞으로 나는 또 얼마나 나를 속이며 살아갈까? 남을 속이기보다 나를 속이는 일이 훨씬 쉽다며 두 눈을 질끈 감는 일이 얼마나 많을까?
부디 그때마다 은희를, 그리고 갈색 가발을 떠올리며 마음 을 다잡아보길 기도한다.

'Soulmate'란 '영혼이 통하는 사람'이라는 뜻이다. 채팅에 익숙했던 그 옛날, 나는 소울메이트에 관해 다소 회의적이 었다. 온라인에서 만나는 사람들끼리 영혼이 통할 리 만무하고, 무엇보다 서로의 영혼을 들여다볼 기회조차 없을 거라 믿었던 탓이었다.

그런데 채팅 친구 중에 나와 아주 잘 통하는, 그러니까 소울메이트라고 부를만한 친구가 생겼다. 매너가 좋은 건 물론이고, 지적이고, 인간적이기까지 해서 그와의 대화는 늘 즐겁고 유쾌했으며, 안정감이 있었다.

하루는 친구들과 여행지를 고민하느라 머리를 맞댔다. 순간 번쩍, 나의 소울메이트가 생각났다. 그가 사는 진주에 가서 그도 만나고, 여행도 하면 일석이조일 것 같았다.

나는 곧 그에게 우리의 여행 계획을 알렸고, 그는 가이드를 해주겠다며 들떠 했다. 무수한 번개에도 별 감흥이 없었던 나였지만, 그때만은 달랐다. 며칠째 설레어 잠이 오지 않았

고, '만나자마자 영혼까지 통하면 어쩌나'하는 걱정에 머리
가 지끈거릴 지경이었다.

내 설렘을 눈치챈 친구들이 버스 안에서 키득키득 웃으며
놀려댈 때마다 나는 애매하게 웃으며 손사래를 쳤다. 그러
면서도 입술이 바짝바짝 말라가는 통에 연신 물만 들이켰
다.

드디어 진주에 도착했다. 우린 목을 길게 빼고 그를 찾기 시
작했다. 그가 말해준 인상착의, 그러니까 평범한 외모에 큰
키, 청바지에 청재킷을 입은 사람은 영 눈에 들어오지 않았
다. 당시 우리는 유행하는 통 넓은 힙합바지에 통굽 신발,
길게 늘어뜨린 허리띠에 쫄티, 노랗게 염색한 머리에 백팩
을 맨 다소 요란한 모습으로 서 있었다. 주변을 지나다니는
또래 남자들도 우리와 별반 다르지 않았기에, 노란 머리가
보일 때마다 나는 열심히 눈을 맞추었다.

"헉! 혹시 저 사람은 아니겠지?"

친구가 복화술을 하듯 입을 거의 벌리지 않고 다급하게 물
었다. 그런데 그가 우릴 향해 맹렬히 다가오고 있었다. 우린
도망이라도 갈 듯 뒷걸음질을 쳤다.

"안녕! 반가워!"

그가 손을 번쩍 들어 올렸다. 우린 더 무서워져 두어 걸음
물러났다. 잠시 그의 패션을 소개하자면 이랬다. 숨 막히는
걸 좋아하는지 남방의 단추를 목 끝까지 잠그고, 본인 치수
보다 한참 큰 청재킷을 부대 자루처럼 걸쳤으며, 물 빠진 청

바지는 복숭아뼈까지 껑충 올라와 가느다란 발목이 도드라져 보였다. 거기에 아버지 것을 빌려 신고 나온듯한 구두가 생뚱맞게 반짝반짝 빛을 냈다. 그런데 이 모든 패션 센스를 다 덮어버리는 결정적인 것은 따로 있었다. 그가 나를 향해 환하게 웃자, 나는 금방이라도 '블랙홀' 같은 어둠에 빨려들어갈 것 같아 몸을 부들 떨었다. 그의 윗니와 아랫니가 한 개씩 비어있었다!

깜짝 놀란 나는 얼른 고개를 젓고 다시 한번 그의 입을 뚫어져라 쳐다봤다. 진짜 없었다! 나는 금방이라도 울 것 같은 얼굴로 길게 늘어뜨린 허리띠만 만지작거렸다. 시골 총각 같은 순박한 웃음이 그의 입매를 크게 늘였다. 행여나 블랙홀에 빠질까 봐 나는 얼른 시선을 다른 곳으로 던졌다. 그 와중에 친구들은 낄낄거리며 내 등을 자꾸 떠밀어 그의 옆에 서게 했다. 그럴 때마다 그는 더 깊은 블랙홀을 보여주겠다는 듯, 날 보고 히죽히죽 웃어댔다. 채팅에서 나눴던 우리의 깊이 있고, 인간적인 대화들은 어느새 블랙홀로 다 빨려들어가 버리고, 어울리지 않는 시골 총각과 힙합걸만 덩그러니 남았다.

시장에서 떡볶이와 순대, 김밥을 먹으며 그는 진주에 관한 정보를 주려고 부단히 애를 썼다. 그리고 분위기를 띄우려 재미있는 농담을 쉴새 없이 했고, 부지런히 반찬을 덜어오고, 물과 휴지를 챙기는 것도 잊지 않았다. 그때마다 친구들은 입을 모아 말했다.

"둘이 은근히 잘 어울려."

나는 그 소리가 듣기 싫어 친구들을 향해 눈을 치켜떴다. 내 마음을 아는지 모르는지, 그는 머리를 긁적이며 내게 블랙홀을 시원하게 내어 보였다. 시간은 더디게 흘러갔고, 친구들과 달리 나는 얼른 집에 가고 싶은 마음뿐이었다. 그의 쏟아지는 질문에도 건성으로 툭툭 대답했고, 지루해 죽겠다는 표정으로 볼을 크게 늘리고 가만히 있었다.

그러다 늦은 오후, 차를 마시러 가는 길이었다. 친구들은 이번에도 내 등을 떠밀어 그의 옆에 세웠고, 나는 행여나 블랙홀에 빠질까 봐 앞만 보며 걸었다.

잠시 후, 오토바이가 쌩 지나가자 그가 순식간에 팔을 쭉 뻗어 울타리를 만들었다. 친구들은 '매너남'이라며 그를 한껏 추켜세웠다.

그가 배시시 웃으며 우리가 채팅으로 나눴던 이야기들을 하나씩 꺼내기 시작했다. 예비 교사로서의 고민과 책 이야기, 사회 문제에 관한 생각들까지, 그렇게 차분하게 이어가는 그의 말을 듣다 보니 어느새 나도 모르게 진지하게 귀를 기울이고 있었다. '아! 이런 면 때문에 내가 소울메이트라고 느꼈었지!' 처음으로 그가 어떤 사람인지 알 것 같은 기분이 들었고, 나는 연신 고개를 끄덕였다.

커피숍에서 그와 눈을 맞추고 이야기를 나누다가 문득 깜짝 놀라고 말았다. 몇 시간 동안 그의 외모에 익숙해진 탓인지 그가 전혀 미워 보이지 않아서였다. 목 끝까지 잠근 단추는 단정해 보였고, 커다란 청재킷은 어딘가 멋스러워 보였으며, 복숭아뼈 근처까지 껑충 뛰어오른 청바지는 경쾌함을 더하는 것 같았다. 그리고 문제의 블랙홀도 계속 보다 보니 마치 태초부터 빈자리인 양 꽤 자연스러워 보였다.

돌아오는 버스 안에서 나는 곰곰이 생각했다. 내가 그를 소울메이트라고 느꼈던 이유가 뭘까? 우린 관심 분야가 비슷했지만, 그건 딱히 이유라고 할 수 없었다. 그러고 보니 그와 채팅하는 동안, 나는 나 자신이 꽤 괜찮은 사람이라고 느꼈다. 재미있는 이야기를 하면 '어쩜 그렇게 유머 감각이 좋으세요?'라는 칭찬이 날아왔고, 사회에 대한 내 생각을 밝히면, '따뜻한 시선이 결국엔 세상을 변화시킬 거예요.'라는 든든한 격려가 돌아왔다.

한때 나의 소울메이트였던 그를 통해 나는 껍질이 아닌 알맹이에 집중해야 한다는 걸 배웠고, 상대를 괜찮은 사람으로 느끼게 해주는 데는 그리 큰 기술이 필요하지 않다는 것도 알게 되었다. 외모에 가려 진짜 알맹이가 보이지 않는 사람을 만날 때마다 나는 상대의 '블랙홀'을 지그시 바라본다. 그러다 보면 어느 순간, 블랙홀 너머의 알맹이가 반짝하고 빛을 낸다. 결국 블랙홀이 캄캄한 건 밝은 빛을 더 돋보이게 하기 위함은 아닐까?

04

우리들의
이야기가
흐른다

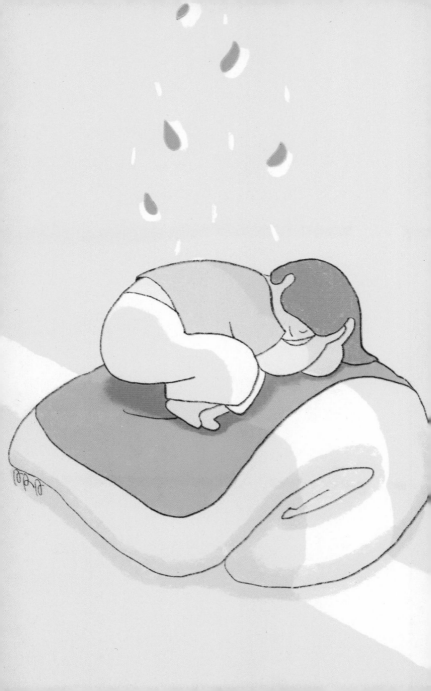

어릴 적, 엄마를 따라 절에 가곤 했다. 진한 향냄새가 몸속 깊이 스며들면, 갑자기 마법에 걸린 사람처럼 엄마 얼굴이 결연해졌다. 그 얼굴로 한쪽 구석에 쌓인 방석을 가져오면, 본격적인 마법 여행이 시작되었다. 두 손을 얼굴 앞에 가지런히 모으고, 입으로는 중얼중얼 소원을 읊었다. 정갈하게 무릎을 굽히고 머리를 조아릴 때면, 누군가 엄마 주변에 하얀 테두리를 그려 넣은 듯 묘한 빛이 났다.

가만히 서 있기도, 앉아있기도 어색해진 나는 방석 하나를 질질 끌고 와서 엄마 옆에 자리를 잡았다. 그리고 엄마 쪽을 흘깃거리며 절을 따라 했다. 하지만 늘 10번도 채우지 못하고 무릎을 부여잡곤 했다.

잠시 후, 사람들이 꽤 많아지면, 나는 한쪽 벽으로 슬금슬금 물러앉았다. 그러는 동안에도 엄마는 내 존재마저 까맣게 잊은 듯, 온전히 기도에만 몰입했다.

새벽 버스를 타고 온 탓에 몸이 노곤해진 나는 어느새 꾸뻑 꾸뻑 졸기 시작했다. 고개가 툭 아래로 떨어질 때마다, 침이 입가에서 흐를 때마다, 얼른 자세를 고쳐잡고 엄마를 눈에 담았다. 그런데 하루는 꾸뻑 졸다가 엄마를 쳐다봤는데, 엄마가 어깨를 들썩이며 흐느끼고 있었다. 쉬지 않고 절을 하면서 턱 끝에 눈물을 대롱대롱 매단 모습에 내 심장이 덜컥 내려앉았다. 그래서 작은 머리를 굴려 엄마가 슬픈 이유를 곰곰이 생각했다. 그러다 한참 만에 떠오른 건 큰언니였다.

큰언니는 어릴 적부터 공부를 잘해 부모님의 기대를 한 몸에 받았다. 친구들에게 수학을 가르쳐주는 수학부장이라며 자랑을 하기도 했다. 그런가 하면 상을 너무 많이 받아오는 바람에 가끔은 책 사이에 끼워두고 본인도 깜빡해버리기 일 쑤였다. 엄마, 아빠는 신통방통한 눈으로 큰언니를 보며 흐뭇해했다.

그런데 그런 큰언니가 입시를 준비할 때, 독서실에서 허구한 날 잠만 잤다. 작은 언니와 내가 큰언니를 데리러 독서실에 가면, 큰언니는 호랑이가 그려진 담요를 덮고 책상 아래서 쿨쿨 자고 있었다. 다른 사람들은 숨소리도 내지 않고 공부를 하는데, 혼자서 단잠에 빠져 있는 걸 볼 때마다 내 작은 속이 터질 것만 같았다. 게다가 여간해선 잘 깨지도 않는 통에, 작은 언니와 내가 사정없이 흔들어 깨운 후, 질질 끌고 나와야 할 정도였다. 나는 엄마가 큰언니를 볼 때마다 흐뭇해서 짓는 그 따뜻한 미소가 사라질까 봐 겁이 났다. 그래서 잠만 자는 큰언니 이야기를 일부러 꺼내지 않았다.

그런데 엄마가 울고 있었다. 입시를 앞둔 큰언니를 위한 기도이니, 엄마의 눈물은 큰언니에 대한 실망과 아쉬움이 분명했다. 엄마가 고개를 조아릴 때마다 턱 끝에서 흔들리던 눈물방울들이 회색 방석에 후두두 점을 찍었다. '이게 다 큰언니 때문이야!' 머릿속으로 큰언니 욕을 한가득 해대면서 나는 엄마에게서 시선을 떼지 못했다.

잠시 후, 엄마 입에서 꺼억 소리가 터져 나왔다. 뭐가 그리 서러운지 울음을 참는 소리가 한없이 구슬펐다. 그러다 서서히 엄마의 눈물도 흐느낌도 사라져갔다. 그리고 마침내 평온한 얼굴로 엄마의 눈매가 스르륵 미끄러졌다. 천천히, 하지만 확실히 변해가는 엄마 얼굴을 보면서 나는 신기한 마법에 걸린 게 틀림없다고 생각했다.

언젠가 법정 스님이 성철 스님에게 3천 배를 시키는 이유를 물었다.

"사람들은 나를 만나고 싶어 합니다. 하지만 아무리 생각해도 나는 그들에게 어떤 이익도 줄 수 없습니다. 그러니 나를 만날 게 아니라 부처님을 만나라는 의미에서 3천 배를 시키는 것입니다. 3천 번 절을 하고 나면 그 사람 심중에 뭔가 변화가 오게 되고 그 변화가 오면 그다음부터는 저절로 절을 하게 되지요. 나를 만나지 않아도 되는 순간이 찾아온 것입니다."

오랜 시간이 지나서야 나는 깨달았다. 무수히 머리를 조아리던 엄마 얼굴이 변해간 이유를. 처음에는 큰언니가 선생님이 되게 해달라고 기도했지만, 어느 순간 간절함에 닿는 것이 그리 중요하지 않다는 깨달음을 얻었을 테다. '혹여 제 소원이 이루어지지 않더라도 괜찮습니다.' 그리고 문득 본인이 얼마나 약한 사람인지를 인식했을 테다.

'저는 한없이 약한 사람입니다. 하루하루를 살아내기도 힘겨울 만큼 버거운 삶을 살고 있습니다. 제가 생각해도 제가 참 불쌍합니다. 부처님! 제 이야기 좀 들어주십시오.'

마지막에는 늘 그 팍팍한 삶을 끌어안을 수밖에 없다고 생각했을 테다. 그러다 본인도 모르게 입으로 마음으로 이 말을 중얼거렸을 것이다.

'부처님! 감사합니다.'

절을 나설 때, 엄마는 마법에서 깬 말간 얼굴을 하고 있었다. 해가 떠오르는 아침, 내 손을 잡고 집에 가면서 엄마가 혼잣말처럼 속삭였었다.

"기도를 할 수 있어서 참 행복하다."

그때 생각했다. '절에 갈 때 엄마가 간절히 원했던 소원은 무엇이었을까? 그 소원이 무엇이든 결국엔 다 사라지고, '행복한 엄마'만 남았구나. 그리고 그게 바로 엄마가 기도를 하는 이유겠구나.'

"어떻게 글을 매일 한편씩 쓸 수 있죠?"
누군가 물었다.
"그냥 써요. 쓰기로 마음먹었으니까 습관처럼 쓰는 거죠."
무심한 얼굴로 내가 말했다. 순간 상대의 미간이 움찔했다.
"하지만 몇 편 쓰다 보면 더 쓸 말이 없지 않아요?"
"찾아야죠."
이번에도 내 대답은 간단했다.
"근데 꼭 써야 할 이유라도 있나요?"
슬쩍 빈정이 상한다는 투로 상대가 말했다.
"안 쓸 이유도 없잖아요."
경쾌하게 내 대답이 날아갔다.

언젠가 소설가 최인호에 관한 글을 읽은 적이 있다. 연세로 문학의 거리에 유명 작가들의 핸드프린팅이 바닥에 설

치되어 있는데, 그중 한 사람이 최인호 작가다. 그런데 유심히 관찰해보면 다른 작가들의 핸드프린팅과는 조금 다르게 왼손 끝이 휘어있고, 주름이 유독 많다. 핸드프린팅을 진행할 당시, 안타깝게도 최인호 작가는 작고하신 상태였다. 그래서 유족의 허락을 받아 영안실에서 핸드프린팅 작업을 할 수밖에 없었고, 왼손 끝이 휜 이유도 그 때문이었다. 그런가 하면 핸드프린팅에 들어가는 글귀도 다른 작가들이 모두 자필로 적은 반면, 최인호 작가 것만 활자체로 새겨져 있다.

"원고지 위에서 죽고 싶다"

짧고 강렬한 그의 메시지를 읽는 순간, 나는 '아!'하는 탄식을 뱉어내고 말았다.

그는 침샘암을 앓아왔고, 그 고통 속에서도 마지막까지 '쓰는 사람'이고 싶었다. 그에게 쓴다는 행위는 과연 무엇이었을까? 존재 이유거나, 존재의 증명, 둘 중 하나이거나 혹은 둘 다였지 않았을까? 그의 유고집에 묘사된 처절함을 읽노라면, 경건함을 뛰어넘어 경외심마저 느끼게 된다.

"오른손 가운데 손톱이 빠진 통증을 참기 위해 고무 골무를 손가락에 끼우고, 빠진 발톱에는 테이프를 칭칭 감고, 구역질이 날 때마다 얼음 조각을 씹으면서 미친 듯이 20매에서 30매 분량의 원고를 하루도 빠지지 않고 집필했다."

손가락 끝에 가시만 박혀도, 혹은 작은 상처만 생겨도 손에 힘이 들어가지 않는다며 앓는 소리를 하기 마련인데, 그는 그 큰 고통을 어떻게 참아냈던 것일까? 게다가 원고지 20~30매를 매일 쓴다는 것은 웬만한 사람들은 지속할 수 없는 어려운 일이다. 그럼에도 그는 절규에 가까운 기도를 쏟아내며 필사적으로 쓰고 또 썼다.

"아아, 주님. 그래도 난 정말 환자로 죽고 싶지 않고 작가 로 죽고 싶습니다. 주님, 나는 나의 십자가인 원고지 위 에 못 박고 쓰러지게 해주소서."

그의 기도가 내 마음에 스미는 순간, 나는 스스로가 한없이 부끄러워져 얼굴을 붉히고 말았다. 누군가는 간절하게 '쓰 는 사람'이고 싶어 했는데, 나는 왜 이렇게 나태하고, 변명 만 늘어놓는 것일까? 쓰지 못할 99가지 변명을 찾는 동안, 써야 할 한 가지 이유만 단단히 붙잡고 있어도 삶이 훨씬 나 아지지 않을까? 나는 최인호 작가처럼 '열정'과 '절실함', '꾸준함'을 두루 갖추지 못했다. 행운처럼 찾아오는 영감도 없었고 원고지 위에서 죽고 싶다는 간절함도 없었기에, 내 가 믿을 건 오직 '꾸준함' 하나뿐이었다. 그래서 부족한 재 능과 열정을 채우기 위해 변명을 찾는 대신 그저 하루 한편 의 글을 쓰기로 마음먹었다. 물론 결심한다고 모든 것이 쉬 워지거나 술술 풀리는 경우는 없다.

어느 날엔 머릿속을 탈탈 털어도 쓸 주제 하나 떠오르지 않 는다. 막막한 마음으로 노트북을 켜는 순간까지도 고민을 거듭한다. '그래도 그냥 쓴다.' 뭐라도 '쓴다'는 것을 철칙으 로 삼으면 무엇을 쓰느냐보다 그저 쓴다는 행위에 위안을 얻는다.

그러다 어느 날엔 눈을 뜨자마자 쓰고 싶어 마음에 잔바람이 불어온다. 그럴 때면 시선이 자꾸만 노트북에 가서 머문다. 얼른 전원을 켜고, 머릿속에 있는 것을 활자로 쏟아내고 싶어 마음이 조급해진다.

매일 일정한 분량을 쓰는 것으로 유명한 무라카미 하루키가 이런 말을 했다.

"나는 지금 50대고 소설 한 권을 쓰기 위해 보통 3년이 걸리는데, 죽을 때까지 과연 몇 권이나 더 쓸 수 있을지 생각을 안 할 수가 없어요. 이제부터는 카운트다운이거든요. 그래서 난 소설을 쓸 때마다 기도해요. 이 책을 다 쓸 때까지 살게 해달라고."

단순한 삶을 지속하는 그는 누구 보다 살아야 할 뚜렷한 이유가 있다. 이번 소설이 끝날 때까지 살아야 하고, 다음 소설이 시작되면 또 살아야 하는 것이다. 어느 날 갑자기 찾아온 영감에 의지해 대작을 이룬 사람들보다, 하루키의 방식을 나는 훨씬 선호한다. 매일 좋은 컨디션을 유지하는 이유도, 복잡한 생각들로부터 멀찍이 떨어지려는 태도도 모두 글을 쓰기 위함이니, 이것이야말로 최상의 '수련법'이 아닐까 싶다.

나는 매일 생각한다.
"오늘 딱 한편만 쓰자!"

그리고 그 단순한 철칙을 지켜내고 노트북을 끄는 순간이 하루 중 가장 행복하다. 이는 들끓는 열정으로 이룬 일이 아니라, 무덤덤한 끈기로 이룬 것이기에 '미지근'하고 '소소한' 행복이다. 하지만 같은 이유로 매일 꾸준히 행복할 수 있는 최고의 방법이기도 하다. 가끔씩 최인호 작가의 간절함을 떠올려본다. 그의 정신력에 비하면 나는 한없이 작고 부족한 꼬마다. 그렇기 때문에 '끈기'를 발휘해야 하고, 결국엔 끈기로 부족한 열정을 채워야 한다고 믿는다. 그리고 그분이 그토록 간절히 쓰고 싶어 했던 마음을 살아있는 누군가는 나눠 가져야 하지 않을까? 그러니 나는 기꺼이 내 몫의 간절함을 덜어와 묵묵히 걸어가 볼 생각이다.

무언가를 이루고 싶다면, 혹은 지속하고 싶다면, 찬란한 '열정'만 믿지 말자! 나를 지탱하는 단순한 '철칙' 하나만 있어도 내공이 조금씩 쌓여갈 테니까 말이다. 나는 더 이상 내게 없는 열정이 어느 날 갑자기 생기리라 기대하지 않는다. 그보다는 확실하고, 구체적인 '끈기'를 믿기로 했다.

오늘도 그 소소한 행복을 기대하고 있다.

중학생 때, 하루는 친구들이 옹기종기 모여앉아 아빠의 직업에 관해 이야기하기 시작했다. 순간 마음이 불편해진 나는 주제를 바꿔보려 안간힘을 써댔다. 엉뚱한 이야기를 툭 던져도 보고, 맥락에 맞지 않는 우스갯소리를 하기도 했다. 하지만 이야기는 집요하게 '아빠'와 '직업', 이 둘을 향해 달려갔다.

"우리 아빠는 슈퍼 아저씨야!"

한 친구가 말하자, 아이들이 까르르 웃었다.

"그럼 작은 가게를 운영하는 사장님이라고 말하는 편이 좋아."

똑똑한 친구가 그럴듯한 말로 고쳐주곤 흐뭇하게 웃었다. 순간 '사장님'이라는 단어가 부러워 나는 입술을 질끈 깨물었다.

"우리 아빠는 요리사야."

다음 친구가 말하자, 다들 부러워서 발을 둥둥 굴렀다.

"넌 집에서도 맛있는 거 잔뜩 먹겠다. 부러워!"

요리사 딸이 고개를 도도하게 들어 올려 웃었다.

"우리 아빠는 이발사야!"

웃음 많은 친구가 툭 말했다. 그러자 뭐가 그리 우스운지 아이들이 깔깔깔 배를 잡고 웃어댔다. 웃지 않는 사람은 나와 내 옆에 앉은 친구 둘 뿐이었다.

"이발사는 정말 의외다. 근데 어딘가 좀 웃긴 것 같아."

한 친구가 얼굴이 벌게지도록 웃곤 눈꼬리에 매달린 눈물을 콕콕 찍어내며 말했다.

"왜? 난 우리 아빠가 이발사인 게 참 자랑스러운데? 사람들 머리카락 잘라 주고, 열심히 돈 벌어서 우릴 키워 주시는 거니까."

이발사 딸이 눈을 반짝 빛내며 말했다. 나는 그 아이 얼굴에 들어찬 자신감과 아빠에 대한 존경심이 부럽다 못해 배가 아파서 얼굴을 잔뜩 구기고 말았다. 그리고 차츰 다가오는 내 순서가 신경 쓰여 바짝 말라가는 입술에 연신 침을 묻혔다. 이제 남은 건 나와 옆 친구, 둘 뿐이었다. 처음부터 나처럼 웃지 않던 옆 친구 차례가 되었다. 친구들 얼굴을 휙 둘러보더니, 그 친구가 조심스레 말했다.

"난 아빠 직업을 굳이 말하고 싶지 않아."

이유를 추궁하기엔 어딘가 단호함이 넘쳐서 다들 눈만 끔뻑이고 있었다. 나는 내색하지 않고 가슴을 쓸어내렸다. 포문을 열어준 친구 덕분에 나도 은근슬쩍 넘어갈 수 있었기 때문이었다.

당시 우리 부모님은 작은 트럭에 야채를 싣고 이 마을 저 마을을 돌며 판매하는 일을 했다. 그러니 '상인'도 아니고, 그렇다고 '운전사'도 아닌, 그야말로 명확하게 이름 붙이기 애매한 직업이었다. 이 구차한 설명을 어디서부터 해야 할지 몰라 답답하던 차에, 친구가 구세주처럼 '노코멘트'를 외쳐 주었기에 내심 얼마나 고마웠는지 모른다.

한참 시간이 흘러, 아빠 직업을 끝내 말하지 않던 친구와 이야기할 기회가 생겼다.

"사실 우리 아빠도 이발사야…"

친구의 말에 나는 깜짝 놀랐다.

"정말? 그럼 왜 그때 말하지 않았어? 다른 친구처럼 그냥 말할 수 있었잖아."

"난… 우리 아빠 직업이 좀 부끄러워…"

친구가 울 것 같은 얼굴로 말했다. 나는 도통 이해가 되지 않았다.

"모르겠어. 그냥 어릴 때부터 아빠 직업이 부끄러웠어. 이발사 말고 다른 일을 했으면 하고 내내 바랐던 것 같아."

친구 시선이 바닥을 훑고 있었다.

"그래도 넌 나보다 낫네. 우리 아빠처럼 다양한 직업을 가졌던 사람도 드물걸? 그 무수한 직업 중에, 나는 '선장'이 젤 근사해 보였어. 태평양을 가로지르는 커다란 배 안

에서 이것저것 지시를 내리는 대장인 거잖아. 난 우리 아
빠가 평생 선장이면 좋겠어."

내 시선도 바닥으로 툭 떨어져, 이리저리 빗질을 해댔다. 그
날 우리는 아빠가 힘들게 번 돈으로 떡볶이를 사 먹으며 아
빠의 직업을 한탄했다. 이발사만 아니면 좋겠다고. 평생 선
장이면 좋겠다고.

어느 날, 아빠가 내게 전화했다. 목소리에 묘한 흥분이 들어
차 있었고, '아빠다!'라는 짧은 말이 평소보다 높은음으로
전해졌다.

"아빠, 무슨 좋은 일 있어요?"

이미 눈치챘다는 듯 내가 물었다.

"허허, 어떻게 알았냐? 농협 감사 선거가 있었거든. 이번
에 내가 뽑혔지, 뭐냐."

자랑스레 턱을 치켜든 아빠 모습이 절로 떠올랐다.

"우와 정말요? 선거로 뽑는 거예요?"

"그럼! 그것도 경쟁이 치열해! 사실 다들 집사람이 있고,
나만 없어서 불리하다 싶었거든. 근데 예상외로 내가 당
선되었지 뭐냐!"

아빠의 사람 좋은 웃음소리가 길게 꼬리를 빼고 있었다.

"아빠 축하해요! 대단해요!"

내 말에 더 신이 난 아빠는 묻지도 않은 감사 역할에 관해
길게 늘어놓고는 으쓱해 했다.

전화를 끊고 돌아서는데 문득 친구들과 아빠 직업에 관해 이야기했던 장면이 떠올랐다. 그때는 아빠가 왜 좋은 직업을 가진 사람이 아닌지 불만투성이였다. 그런데 정작 내가 어른이 되고 보니, 인생에서 뜻대로 되는 건 거의 없었다. 내가 원하는 진로도, 갖고 싶은 직업도 말처럼 쉽게 손에 쥐어지지 않았고, 그럴 때마다 자괴감이 찾아왔다.

그러고 보니 아빠들은 일평생 '직업'과 '일'로 정체성을 확인하는 사람들인 것 같다. 비굴함 앞에서도 가족을 생각하고, 가족 수만큼의 무게를 어깨에 짊어지고 살아가는 사람들. 허탈한 순간들을 견디며 한 걸음 한 걸음 나아가더라도 만족할만한 인정도 보상도 좀처럼 주어지지 않는 조금 서글픈 사람들.

70살이 훌쩍 넘은 우리 아빠조차 감사라는 직함 하나에 여전히 들떠 하고, 자신을 스스로 대견해한다. 일이 곧 아빠고, 경제 활동이 곧 아빠의 정체성이라 믿기 때문이다. 이제 아빠는 선장이 아니다. 하지만 내 마음속에선 여전히 선장이다. 사람 좋은 웃음소리를 내며 막내딸에게 자랑거리를 늘어놓는 해맑은 선장!

망망대해 같은 삶에서 폭풍을 견뎌온 선장의 노고에 새삼 감사함을 느낀다.

"누가 떠들어! 조용히 못 해?"

영어 선생님 '투덜이 스머프'가 얼굴을 반쯤 일그러뜨리고 소리쳤다. 교실은 일순간 찬물을 끼얹은 듯 조용해졌고, 투덜이 스머프는 눈을 부라리며 입술을 세게 깨물었다. 그때, 바닥에 떨어진 쓰레기 하나를 발견한 투덜이 스머프 눈이 번쩍, 빛을 냈다.

"너흰 청소도 안 하냐? 한심한 녀석들 같으니! 얼른 주워!"

누군가 후다닥 쓰레기를 줍자, 쯧쯧 소리를 내며 투덜이 스머프가 교실을 빠져나갔다.

"투덜이 스머프 결혼한 지 얼마 안 된 거 아니야?"

짝꿍이 물었다.

"맞아. 신혼이래!"

내가 대답했다.

"근데 왜 저래? 신혼엔 깨소금이 쏟아진다며?"

짝꿍 말에 주위 친구들이 키득키득 웃었다.

"하도 투덜대서 투덜이 스머프 집엔 깨소금도 없나 봐."

"혹시 남편이 가가멜인 거 아냐?"

우린 그렇게 투덜이 스머프에 대한 불만을 우회적으로 드러내며 낄낄거렸다.

"오늘 5일이지? 5번, 15번, 25번, 35번, 본문 한 바닥씩 읽어! 못 읽는 단어라도 있기만 해봐! 가만 안 둬!"

잔뜩 긴장한 아이들 목소리가 이어달리기하듯 계속 들려왔다. 그러다 한 아이가 모르는 단어를 대충 얼버무린 순간이었다. 투덜이 스머프가 빽 소리를 질렀다. 개미 소리만큼 작아진 목소리로 그 아이가 다시 한번 발음을 뭉개고 지나가려 하자, 투덜이 스머프의 얼굴 반쪽이 경련을 일으키듯 덜덜 떨리기 시작했다.

"너! 내가 우스워?"

우리는 모두 놀란 토끼 눈으로 어깨를 잔뜩 움츠리고 종소리만 기다리는 신세가 되었다.

어느 날, 동네 슈퍼에 가서 과자를 고르고 있을 때였다. 무심히 밖을 보니 버스 정류장에 투덜이 스머프가 서 있었다. 그리고 잠시 후, 그녀가 자연스럽게 슈퍼로 들어와 야채를 고르기 시작했다. 구석에 몸을 숨기기엔 슈퍼가 턱없이 작았던 탓에 나는 엉거주춤 등을 돌리고 과자만 뒤적거렸다.

그러다 한참 만에 투덜이 스머프가 계산하고 나갔다. 나는 그제야 가슴을 쓸어내리며 과자 한 봉지를 집어 들었다. 그리고 내가 막 주인에게 돈을 건넬 때였다.

"아줌마! 방금 주신 잔돈이…"

투덜이 스머프였다. 못 볼 거라도 본 사람처럼 턱을 아래로 늘리고 그녀를 쳐다봤고, 그녀도 놀라긴 마찬가지인 것 같았다. 얼굴 반쪽이 일그러지며 시선이 갈 곳을 잃고 배회했다.

"안녕하세요…"

"어…음…그래. 너… 이 동네 사니? 난… 여기로 이사 온 지 얼마 안 됐어. 넌 이 동네 오래 살았어?"

그녀는 묻지도 않은 말을 주절주절 꺼냈다. 척 봐도 허름한 산동네라 부끄러운 눈치였다. 마음 한구석에 구름이 잔뜩 낀 것만 같았다.

며칠 후, 영어 시간, 칠판에 적힌 단어를 따라 적느라 내가 고개를 들었을 때, 투덜이 스머프와 눈이 딱 마주쳤다. 슈퍼에서처럼 또 움찔 놀란 것 같았다. 얼른 시선을 교실 뒤로 보내며 그녀가 입을 열었다.

"오늘 9일이지? 9번, 19번, 29번, 39번, 순서대로 읽어!"

29번이었던 내 차례가 되었다. 긴 단어 하나가 내 발목을 낚아챈 순간, 나는 능청스레 휘리릭 넘어가려 목소리를 낮췄다. 그 짧은 찰나, 교실 공기가 획 달라지는 것을 나뿐만 아니라 모두가 느끼고 있었다. 투덜이 스머프의 고함이 내 귀에 날아들 거란 걸 누구든 예상할 수 있었다. 그런데 웬일인지 투덜이 스머프가 고함 대신 불편한 소리만 내곤 가만히 있었다.

"다음부턴 연습 좀 더 해. 알겠어?"

아이들이 모두 이상하다는 눈으로 투덜이 스머프를 바라보자, 민망한지 그녀의 얼굴 반쪽이 씰룩였다. 그리고 다시 익숙하게 빽 소리를 질렀다.

"다음 39번 안 읽고 뭐 해!"

쉬는 시간이 되자 기다렸다는 듯이 짝꿍이 물었다.

"투덜이 스머프가 왜 너만 봐주는 거야? 이상한데… 혹시 너 투덜이 스머프한테 돈이라도 빌려준 거 아냐?"

"내가 돈이 어딨냐?"

우습다는 듯 툭 대답하고선, 나도 고개를 갸웃거렸다.

며칠 후, 슈퍼에서 그녀를 또 만났다. 두 번째라서 그런지 많이 놀란 것 같진 않았다.

"안녕하세요."

내가 어색하게 인사했다.

"너! 영어 읽기 연습했어? 다음엔 안 봐줄 거야!"

눈을 흘기며 그녀가 말했다. 야챗값을 계산한 그녀가 먼저 슈퍼를 나섰다. 나는 일부러 그녀와 멀찍이 떨어져 오르막을 오르기 시작했다. 주황색 가로등이 어룽거리는 가파른 골목. 그녀가 몸을 한껏 앞으로 기울여 천천히 걸어갔다. 찬 바람이 쌩 소리를 내자, 그녀의 몸이 더 기울여졌다. 오르막 중간쯤에서 그녀가 우뚝 멈춰 섰다. 그리고 허리를 펴고 후! 하고 한숨 같은 소리를 토해냈다.

가파른 오르막 어딘가 더 좁은 골목에 투덜이 스머프의 신 혼집이 있었다. 아파트에서 밀려나 산동네로 온 이유는 알 수 없었지만, 그녀의 씰룩이는 얼굴 반쪽이 행복하지 않은 건 분명해 보였다. 그녀가 멈춰 서서 후, 소리를 밀어낼 때 마다 내 입에서도 후, 소리가 새어 나왔다. 매일 오르내리는 길이었지만, 늘 숨이 차서 힘든 탓이었다.
그녀도 나도, 세상 어딘가 우릴 위한 '평평한' 길이 있을 거 라 믿고 싶었는지 모른다. 하지만 현실은 늘 거친 숨을 토해 내야 하는 '가파른' 길 뿐이었다. 우리 집 작은 골목으로 들 어서기 전, 나는 툭툭 땅을 차듯 걷는 투덜이 스머프를 또 한 번 쳐다봤다. 그렇게 미워 보이던 그녀가 짠해 보였다.
그 후, 복도에서, 슈퍼에서 눈이 마주치면, 그녀가 나를 보고 슬쩍 웃었다. 그럴 때마다 반쯤 일그러진 그녀의 웃음을 나 는 이해할 수 있을 것만 같았다.

"개금동에 그 이층집 기억나?"

작은 언니가 물었다.

"그럼. 당연하지. 그 집 짓느라 엄마가 한참 고생했었잖아."

"거기 지나다가 우연히 봤는데, 그 집이 너무 작아 보이는 거 있지!"

"에이, 그럴 리가. 엄청 넓었잖아."

"내 기억에도 꽤 컸는데, 이제 보니까 아니더라고."

며칠 후, 나는 언니의 말을 믿을 수 없어 일부러 그 집을 찾아갔다.

"헉! 이렇게 작았어? 1층에 몇 집이나 세 들어 살았었는데, 게다가 2층 한구석엔 해바라기도 듬성듬성 피었었는데. 어쩜 이렇게 작을 수가 있지?"

연신 혼잣말을 하며 훈장처럼 금을 품은 벽에 가만히 손을 올렸다. 순간 뻗어나간 금 사이에서 엄마 말소리가 들리는

것 같았다. 두런두런 말을 거는 다정함 대신 악다구니를 써
대는 처절함이 내 귓속을 아프게 파고들었다.

"일하다 보면 다 그런 거지, 뭘 그런 걸로 큰소리치고 난
리예요!"
빨갛게 눈이 충혈된 인부 한 명이 짜증스럽다는 듯 대꾸했
다.
"약속을 하셨으면 지켜야죠. 이게 어디 한두 푼 들어가는
공사예요?"
엄마가 고개를 빳빳이 들고 따졌다. 그러자 어이없다는 듯
인부들이 들고 있던 연장을 바닥에 툭툭 던지기 시작했다.
"그럼 마음대로 해보시던가! 암탉이 울면 집안이 망한다
는 소리도 몰라요? 어디서 고함이야!"
비열한 웃음을 흘리며 그들이 엄마를 째려봤다.
"상식적으로 생각해보세요! 이렇게 일정이 늦어지면 저
희 입장에서는 충분히 화가 날 만하잖아요!"
목소리를 한껏 누그러뜨리고 엄마가 말했다. 그런데도 인부
들은 보란 듯이 그늘로 가서 털썩 주저앉아 낄낄거리기만
했다.
당시 아빠는 돈을 벌기 위해 다른 나라에 가 있었다. 그래서
집을 짓는 동안 인부들의 비위를 맞출 사람도, 말싸움해대
며 맞설 사람도 엄마뿐이었다. 문제는 거친 인부들이 엄마
가 여자라는 이유로 자주 무시했음은 물론이고, 무례를 넘

어서는 조롱을 일삼았다는 것이다. 그래서 나는 매번 인부들이 보일 때마다 저주를 퍼붓듯이 째려보며 구시렁거렸었다. 내가 할 수 있는 일이라고 해봐야 고작 그것뿐이었기 때문이다.

그런데 그 와중에도 엄마는 늘 당당하게 맞서 싸웠다. 어느 날은 인부들을 어르고 달래다가, 또 한 번씩은 사정을 하기도 했고, 그것도 여의치 않으면 허리에 손을 척 올리고 날아든 쌍욕을 되돌려 주기도 했다. 나는 그런 엄마가 참 자랑스러웠다. 악당에 맞서 싸우는 히어로처럼, 엄마는 불의에 굴하지 않는 정의롭고 용감한 사람이었다.

어느 날 밤, 화장실에 가려고 눈을 떴다. 보름달이 환히 떠오른 날이라 창문으로 빛 가루들이 마구 쏟아지고 있었다. 그런데 낯선 소리가 들려왔다. '빛 가루가 쏟아지는 소리는 왜 콸콸콸 이 아니라 흑흑흑 일까?' 구석 자리 엄마가 뒤집어쓴 이불이 들썩이는 게 보였다. 엄마의 등이 이불을 밀어 올릴 때마다 흑흑흑, 소리죽인 울음소리가 새어 나왔다. 낮에 그렇게 용감하던 엄마가, 악당들에게 굴하지 않던 히어로가 혼자 울고 있었다. 못된 인부들 앞에서 눈물 한 방울 보이지 않던 엄마였는데, 빛 가루 아래서는 무장해제가 된 모양이었다. 이불에 그려진 꽃들마저 너무 선명하게 보이던 날이라, 나는 괜스레 보름달 탓을 하고 싶었다. 마치 빛 가루가 엄마를 울린다는 듯.

내 작은 손을 뻗으면 닿을 거리에 엄마가 있었다. 우는 사람은 달래주어야 한다는 걸 잘 알고 있었지만, 나는 차마 엄마를 토닥여줄 용기가 나지 않았다. 그래서 그저 떨어지는 빛가루를 보며 흑흑흑 소리를 듣고만 있었다.

그런가 하면 한창 호떡 장사를 하며 고단한 삶을 살던 엄마가 밤에 옥상에서 꺼억꺼억 울던 모습을 본 적도 있다. 숨을 곳이라곤 옥상뿐이어서 할 수 없이 그곳에 오른 게 틀림없었다. 엄마를 찾으러 옥상에 올라갔던 나는 엄마의 처량한 울음소리를 들어버렸다.

깜깜한 밤, 먼 산을 보며 입을 틀어막은 엄마 뒷모습이 보이자, 나도 모르게 가슴이 뜨끔해졌다. 호떡 파는 엄마를 내가 부끄러워한다는 사실을 들킨 것만 같아서였다. 이불 속에서 울던 엄마를 토닥이지 못했던 것처럼, 나는 그날 별빛 아래서 서럽게 울던 엄마에게도 위로를 건네지 못했다.

생각해보면 엄마는 그리 씩씩한 사람은 아니었던 것 같다. 그저 씩씩해야만 하는 상황에서 최선을 다했을 뿐이었다. 여간해선 남들 앞에서 울지 않으려고 온몸에 힘을 주다가 깜깜한 어둠 속에서 혼자 몰래 우는 사람이었으니까.

지나고 나서 후회하는 몇 가지 중에, 두 가지가 가장 아쉬웠다. 엄마에게 '사랑한다'라고 말하지 않은 것과 '괜찮냐고' 위로해 주지 못한 것. 하루에도 수십 번 내가 우리 아이에게 하는 그 두 마디를 엄마에게는 왜 그리 아끼고 또 아꼈을까?

빛 가루가 환하게 쏟아지던 밤, 숨죽여 울던 엄마에게 그 두
마디를 건넸어야 했다. 그리고 손을 뻗어 등을 토닥여줬어
야 했다. 그럼 엄마도 나도 슬픔과 후회를 덜어낼 수 있지
않았을까?

토닥여줄 용기가 나지 않았다. 그래서 그저 떨어지는 빛 가루
를 보며 흑흑흑 소리를 듣고만 있었다.

노란 체육복을 입은 꼬맹이들이 짝꿍 손을 잡고 걸어가고 있었다.

"선생님! 저는 이 애랑 짝꿍 하고 싶은데요."

파마머리 남자아이가 콧구멍을 파던 손가락으로 앞에 선 여자아이를 가리켰다.

"지금 짝꿍 바꾸는 시간 아니에요. 줄 맞춰 따라오세요!"

안경 너머 선생님 눈이 파마머리를 향해 투명한 꿀밤을 날렸다.

"선생님! 이 애랑 짝꿍 하고 싶다고요!"

파마머리는 물러설 생각이 없는지, 앞에 선 여자아이 등을 손가락으로 콕 찍으며 목청을 높였다. 이번엔 안 들린다는 듯 선생님이 고개를 저었다. 그러는 와중에도 여자아이는 한 번도 뒤를 돌아보지 않았다. 파마머리가 연신 찔러대는데도 앞으로 시선을 단단히 고정한 채, 관심 없다는 태도였다.

한 번쯤 돌아 볼 만도 한데… 딱 한 번은 흘끔거릴 만도 한데… 절대로 돌아보지 않았다. 그 옛날 우리들처럼.

하루는 나와 내 단짝 친구, 그리고 '채팅 친구 A'와 '그의 단짝 친구 B', 이렇게 넷이서 만난 적이 있다. 동갑내기의 편안함과 친근함 덕분에 우리는 만나자마자 수다와 게임을 이어가느라 정신없이 웃고 떠들어댔다. 단짝들이라 그런지 장난을 주고받는 데도 주저함이 없었고, 서로의 장단점을 분명히 알고 있었기에 분위기는 더없이 좋게 흘러갔다.

그러다 커피숍에서 차를 마시며 이야기를 나누던 중이었다. 내 손끝에 걸려 넘어진 컵이 바닥에 커피를 주르륵 쏟아냈다. 내가 놀라 소리친 순간, A가 휴지를 가져와서 닦아주었다.

"괜찮아? 옷에 튀진 않았어?"

쏟아진 커피 대신 옷 걱정을 해주길래 의외의 모습이다 싶었다.

잠시 후, 이번엔 B가 음료수를 쏟았다. 내가 단번에 달려가 휴지를 가져왔다. 게다가 B의 손을 말끔히 닦아주기까지 했다. 다시 자리에 앉았을 때, 웃음기가 사라지고 있는 A 얼굴이 내 눈에 콕 박혔다.

슬쩍 분위기가 딱딱해지자 우린 다시 게임을 하며 말랑한 분위기를 되찾았다.

"나 오늘 이것저것 너무 많이 먹었나 봐. 소화가 안 돼!"

내 친구가 가슴을 툭툭 치며 말한 그 한마디에, B가 벌떡 일어나 나갔다. 그리고 잠시 후, 소화제를 사서 돌아왔다. 그 모습을 보자마자 내가 입술을 질끈 깨물었다.

"고마워. 이제 속이 좀 시원하네. 아 참! 나 지금 K 선배 한테 전화해볼까? 갑자기 너무 보고 싶어!"

B가 건넨 약봉지를 손에 쥔 채로 내 친구가 말했다. B의 볼이 불룩해지는 걸 알아챈 사람은 나뿐인 것 같았다.

"이 시간에 전화는 왜 하려고? 하지 마!"

내가 B의 눈치를 살피며 말했다.

"나 술 취했다고 거짓말해 보려고. 혹시 알아? 데리러 올지…"

친구 눈에 기대감이 차오르는 걸 B가 쓸쓸하게 쳐다보고 있었다. 나는 내려앉은 B의 눈매를 흘끔거렸다. 그때 나와 A 눈이 딱 마주쳤다. A는 어깨를 축 늘어뜨리고 날 쳐다보고 있었다.

집에 막 도착했을 때, A의 전화를 받았다.

"혹시… 날 어떻게 생각하는지 물어봐도 될까?"

뜬금없는 질문에 내가 풋, 웃었다.

"너? 너야 좋은 친구지! 그나저나 네 친구 B는 날 어떻게 생각한대?"

눈을 반짝이며 내가 물었다.

"B는 네 친구 좋아하는데…"

김빠진 맥주처럼 밍밍한 목소리로 A가 대답했다.

"뭐라고? 내 친구는 K 선배에게 일편단심인걸?"

내 말에 A가 한숨을 푹 쉬며 한마디 내뱉었다.

"뭐가 이렇게 복잡해?"

그건 내가 하고 싶은 말이었다. 머릿속에 일렬로 늘어선 우리 모습이 그려졌다. 'A-나-B-내 친구-K 선배' 우리는 연신 앞에 선 사람 등을 찔러대고 있었다. 그런데도 앞에 선 사람은 돌아볼 생각이 전혀 없었다. 그 후에도 우리는 각자 어색한 고백들을 앞에 선 사람 등에 대고 쏟아냈다. 그런 일들이 반복되자 분위기는 묘하게 불편해졌고, 첫 만남의 신선함도 희미해져 갔다. 그러다 신세 한탄 같은 전화 통화를 끝으로 우리는 더 이상 만나지 않게 되었다.

"선생님! 저는 이 애랑 짝꿍 하고 싶다고요! 내 말 안 들려요?"

유치원 입구에 도착하자 파마머리가 짜증을 가득 담아 크게 소리쳤다. 아이들은 일제히 귀를 막았고, 선생님 입매에 힘이 들어갔다. 곧이어 엄한 얼굴로 선생님이 파마머리에게 다가가기 시작했다.

그때, 앞에 선 여자아이가 처음으로 뒤를 돌아봤다. 그리고 표정 하나 변하지 않고 파마머리에게 또박또박 말했다.

"난 지금 내 짝꿍이 좋아!"

파마머리 볼에 공기가 가득 들어찼다. 그리곤 고개를 툭 떨구고 바닥에 있는 돌멩이만 신경질적으로 차댔다. 병아리

같은 아이들이 완전히 사라질 때까지 나는 흥미롭게 그 모습을 지켜보았다.

'나와 상대의 마음이 통하기란 참 어려운 거구나. 우리가 일렬로 쭉 늘어선다면, 돌아보지 않는 상대의 등을 콕콕 찔러 댄다면, 그리고 상대가 저 여자아이처럼 또박또박 말한다면, 과연 어떤 기분일까?'

병아리들의 까르르 웃음소리 끝에 동갑내기 넷의 호탕한 웃음소리가 언뜻 스쳐 지나갔다.

〈오늘의 나이, 대체로 맑음〉이라는 책에 저자가 생전 처음 으로 철학관에 간 이야기가 나온다. 희망이 완전히 바닥난 순간, 어디에서도 구원의 손길 하나 찾을 수 없던 순간, 그 녀는 눈에 띄는 철학관에 무작정 뛰어 들어갔다. 당시 그녀 가 알고 싶었던 건 딱 하나였다. 지금 끌어안고 있는 문제가 언제 해결될지! 그 시기만 알려준다면 가슴이 뻥 뚫릴 것만 같았다.

그녀의 마음을 아는지 모르는지 60대 역술인은 자신을 점 쟁이가 아닌 '학인'이라고 소개하며 뻔한 이야기들만 늘어 놓았다. 조금의 신통력도 발휘하지 못한 점쟁이가 시간을 때울 요량이었던지 신변잡기에 이르렀다.

"옷은 좀 화려한 색으로 입고 다녀."

"주위에 차 한잔 마실 남자들은 많겠어."

"아니요. 없는데요."

신통력이 하나도 없음을 입증하는 대답을 할라치면 점쟁이가 목소리를 높였다.

"있어! 당신이 주위를 안 돌아봐서 그래!"

그런데 그 의미 없는 이야기들을 듣고 5만 원을 지불한 것에 대해 그녀는 나름 만족했다고 한다. 왜냐하면 점쟁이가 '하반기에는 그 문제가 풀려!'라고 말해주었기 때문이다. 물론 신통력이 전혀 없는 점쟁이의 말이니 현실 가능성 또한 낮을 것이 분명했다. 그럼에도 불구하고 그녀에게 그 순간 필요했던 것은 '희망'이었고, 희망을 5만 원에 샀다고 생각하니 전혀 아깝지 않더란다.

오래전, 영도에 엄마가 자주 가던 철학관이 있었다. 50대 수다쟁이 아줌마는 단골들을 위해 3만 원이라는 파격가를 제시했다. 게다가 가족 모두의 운을 봐주는 서비스 정신을 발휘한 덕분에 철학관은 늘 북적였다. 삶이 팍팍했던 우리 엄마는 3만 원을 꼭 쥐고 쪼르르 철학관으로 달려가는 일이 많았다. 그런데 가만히 지켜보니 그 아줌마 말이 틀린 경우도 많았다.

"엄마! 그 아줌마 말이 다 맞지도 않는데 왜 자꾸 가?"

"그래도 듣고 오면 마음은 편하거든."

엄마가 희미하게 웃으며 대답했다.

"마음 편해질 이야기라면 내가 더 잘하겠다. 그러지 말고 나한테 3만 원 줘봐! 아니다! 나는 단돈 2만 원에 좋은 이야기 다 해줄게."

내가 손을 척 내밀며 말하자, 엄마가 깔깔깔 웃었다.

입시를 앞둔 어느 날, 엄마가 내 손을 잡고 철학관에 갔다. 점쟁이 아줌마가 파마머리를 흔들며 내게 인사했다.

"막내! 오랜만에 왔네~ 어디 보자! 고3이라고?"

아줌마는 자신의 신통함을 증명하듯이 밥상에 쌀을 척 뿌렸다. 자잘한 쌀알들이 메시지라도 전달한다는 듯 밥상에 머리를 조아린 모습이 어딘가 믿음직스러웠다. 곧이어 아줌마가 손가락 끝을 부딪치며 중얼거리기 시작했다. 대체 무슨 말을 하는지 궁금해 나는 몸을 앞으로 기울였다. 가만히 들어보니 그건 말이라기보다는 바람이 지나다니는 소리에 가까웠다.

그러다 갑자기 아줌마가 눈꺼풀을 바들바들 떨면서 바람 소리를 더 크게 냈다. 바람에 펄럭이는 커튼처럼 눈꺼풀이 살짝살짝 들리는 와중에 흰자가 자꾸만 날 노려보는 것 같았다. 한참 동안 아줌마가 눈알을 팽팽 돌리다가 마침내 접신이 끝난 평온한 얼굴로 돌아왔다.

"우리 막내가 좋은 학교에 갈 수 있을지 좀 봐주세요."

엄마는 그녀의 접신 퍼포먼스에 익숙하다는 듯 정확한 타이밍에 질문을 던졌다.

아줌마가 나를 빤히 쳐다봤다. 나도 눈싸움하듯 빤히 쳐다봤다. 결국 눈싸움에서 진 아줌마가 먼저 눈을 감아버렸다. 그리곤 연신 뭐라고 중얼대기 시작했다. 나는 그녀의 입 모

양이 신기해서 입속으로 빨려 들어갈 듯 목을 길게 빼고 쳐
다봤다. 해답을 찾았다는 듯 아줌마가 눈을 떴다. 깜짝 놀란
나는 기린처럼 늘어진 목을 얼른 짧게 만들었다.

"얘는 어느 대학, 어느 과를 써도 다 붙어!"

그 말은 놀랍기도 했지만, 한편으론 너무 우스웠다.

"그럴 리가요…"

어이가 없어 내가 말했다. 아줌마 눈이 매섭게 날 노려봤다.

"얘는 고집이 어마어마하구먼! 아무도 못 말려. 말려봤자
소용없어. 그러니까 자기가 가고 싶은데 가야 돼!"

헛! 처음으로 아줌마의 신통함을 발견한 나는 움찔 놀라 자
세를 고쳐앉았다. '똥고집인 걸 어떻게 알았지? 아까 접신으
로 알게 된 건가?'

"저는 영어영문학과에 가고 싶은데요. 너무 높아서… 갈
수 있을까요?"

내 질문이 채 끝나기도 전에 아줌마가 소리쳤다.

"당연하지! 갈 수 있어. 앞으로는 언어가 대세야! 근데
말이야. 굳이 영어일 필요가 있을까? 일본어도 괜찮고…
영문과에 꼭 갈 필요는 없어. 안 그래? 하여튼 걱정하지
마! 넌 붙어!"

아줌마 눈매에서 살짝 힘이 빠지는 게 보였지만, 눈을 똑바
로 보고 단호하게 말하길래 나도 모르게 고개를 크게 끄덕
였다.

아줌마의 신통력을 단단히 믿었던 나는 특차로 '사회학과'

에 지원했고, 시원하게 떨어졌다. 그리고 철학과도 겨우겨우 합격했다. 이후에 엄마가 철학관에 갔더니 아줌마가 자기 말이 맞지 않냐고 우기더란다.

"그 집 막내는 꼭 붙는다고 했지? 내 말은 틀린 적이 없어!"

허 참! 어느 대학, 어느 과를 써도 다 붙는단 말을 했던 건 까맣게 잊은 걸까? 이럴 줄 알았으면 대범하게 서울대 법학과라도 써볼 걸 그랬다.

나는 점쟁이 아줌마 말을 거의 믿지 않았지만, 그렇다고 완전히 욕하지도 않았다. 내 눈을 똑바로 보면서 '얘는 어느 대학, 어느 과를 써도 다 붙어!'라고 말했던 순간, 내 속에 들어찼던 통쾌함을 기억하기 때문이다. 물론 아줌마가 모시는 신이 거짓 정보를 흘렸거나, 아줌마의 신통력이 부족한 탓에 현실이 되진 않았지만, 그래도 내 인생 전체에 대한 '희망'하나를 선물로 받은 기분이었다.

그러고 보니 '똥고집'인 건 단번에 맞췄으니, 신통력이 영 없는 건 아니지 않을까?

어릴 적, 잊지 못할 장면 중 하나가 있다. 큰언니가 친구들을 우르르 몰고 오면 앞치마를 맨 엄마가 환하게 반겨주었다. 교복 입은 큰언니 친구들이 방에서 까르르 웃고 떠드는 소리가 활기차게 들려오면, 삶은 오징어 냄새가 집안을 가득 채웠다. 하얀 오징어가 김을 한껏 뿜어대면 나는 꽁지 부분을 차지하기 위해 엄마 주변을 서성였다. 그러다 엄마가 통통한 몸통 한 조각을 달콤한 초장에 찍어 입에 척 넣어주면 맑은 웃음소리를 내곤 했다.

잠시 후, 접시에 한가득 올려진 오징어와 초장을 들고 큰언니 방으로 배달을 하였다. '맛있다!'라는 찬사가 문틈으로 새어 나오면 나는 도마 위에 남은 오징어 조각을 차지할 요량으로 신나게 달려갔다. '큰언니는 얼마나 좋을까? 저렇게 친구들을 몰고 오면 삶은 오징어를 마음껏 먹을 수 있으니. 나도 교복 입는 나이가 되면 친구들을 왕창 데리고 와야지. 그리고 엄마표 오징어와 초장 맛을 보여줘야지.' 교복 입은 언니들을 보며 나는 늘 똑같은 다짐을 하곤 했다. 하지만 내가 교복을 입기도 전에 엄마, 아빠가 고향으로 가 버린 탓에 나의 바람은 끝내 이뤄지지 않았다. 데려올 친구들은 차고 넘쳤지만, 뜨끈한 오징어와 초장을 만들어줄 사람이 없었다.

차라리 내가 누리고 싶었던 현실을 본 적이 없었다면 더 좋았을 것 같았다. 큰 언니가 엄마의 사랑 중 가장 좋은 부분만 받았던 걸 나는 너무도 생생하게 기억하고 있었다. 나에게는 차례조차 오지 않았던 그 귀한 사랑을 아무렇지도 않게 다 받았다는 생각에 큰언니가 괜스레 미웠다. 게다가 엄마의 빈자리를 채워야 했던 큰언니가 나에게 무관심 하자 그 미움은 더 커져 버렸다. 하루에도 수십 번 나는 큰언니에게 당당하게 요구하는 상상을 했다.

'그 사랑 다 뱉어내! 나는 한 번도 맛보지 못한 걸 다 받았으면서 날 돌보지도 않잖아. 그러니까 다 뱉어내!'

어느 날, 시골에서 엄마가 올라왔다. 반가운 마음에 나는 엄마에게 안겨 쉴새 없이 떠들어댔다. 그런데 웬일인지 엄마 얼굴에 어둠이 가득 내려앉아 있었고, 큰 언니를 보는 시선에 슬픔이 찰랑거렸다.

"큰언니랑 어디 좀 다녀올 데가 있어. 아이들은 갈 수 없는 곳이야. 얼른 갔다 올 테니까 작은 언니랑 집에 있어. 알겠지?"

나를 가볍게 뿌리치고 나가는 엄마를 보며 잔뜩 심통이 났었다. '대체 아이들은 갈 수 없는 곳이 어디란 거야! 엄마는 항상 큰언니만 좋아해…' 이불을 뒤집어쓰고 터져 나오는 화를 꾹꾹 눌러 참았다.

한참 만에 엄마와 큰언니가 돌아왔다. 내가 뛰어나가자 눈도 맞추지 않고 큰언니가 방으로 쏙 들어가 버렸다.

"엄마! 대체 어디 다녀온 거야!"

내가 빽 소리쳤다. 엄마는 집을 나설 때보다 더 침울한 얼굴로 말이 없었다.

"어디 갔었냐고! 둘이서 맛있는 거 먹고 온 거지? 나만 쏙 빼고! 흥!"

발을 구르며 내가 화를 내자 엄마가 나와 작은 언니를 불러 앉혔다.

"큰언니랑 병원에 갔다 왔어."

'병원'이란 말에 내 입이 쏙 다물어졌다.

"큰언니가… 마음이 아프대."

나는 눈을 끔뻑이며 그게 무슨 뜻이냐는 듯 엄마 얼굴을 쳐다봤다.

"엄마, 아빠 없이 갑자기 동생들을 맡게 되어서 너무 부담스러워서… 그래서 마음이 아픈 거래."

엄마 대답에 작은 언니가 고개를 푹 숙였다.

"왜 부담스럽대? 나한테 해주는 것도 없는데?"

어이없다는 듯 내가 물었다. 엄마는 눈물을 글썽이며 말이 없었다. 초등학생이었던 나는 도통 이해가 되지 않았다. 당시 대학생이었던 큰언니는 매번 술에 취해 늦게 들어왔고, 밥을 차려주거나 도시락을 싸준 적도 없었다. 그저 내 눈에 비친 큰언니는 자기 삶에만 매몰된 전형적인 철부지 대학생이었다.

자라는 동안 내내 가장 좋은 사랑만 받았던 큰언니에게 나는 있는 힘껏 반항했다. 내 몫의 사랑을 다 뺏어가 버린 사람이라서, 따끈따끈한 오징어와 새콤달콤한 초장을 자기 친구들에게만 먹인 게 얄미워서, '다 뱉어내!'라는 말 대신 심하게 몰아세우곤 했다.

시간이 훌쩍 지난 어느 날, 쓸쓸한 얼굴로 큰언니가 말했다.

"난 나름대로 너희들에게 신경 쓴다고 쓴 거였어. 물론 너희들 입장에선 성에 차지 않았겠지만… 솔직히 너무 부담스러워서, 엄마도 아닌데 엄마 역할을 해야 하는 상황이 너무 싫어서 회피한 적도 많았던 것 같아."

그날 나는 처음으로 눈에서 독기를 빼고, 외로운 큰언니 얼굴을 마주 봤다. 하소연할 데가 없어서 속으로 삭이다가 결국에 마음에 병이 생겨버린 탓에 억울함이 얼굴 가득 있었다. 내 눈에는 가장 좋은 것이었던 것들이 큰언니에게는 그저 흘러가는 '일상'일 뿐이었다는 사실도 처음으로 깨달았다. 그러고 보니 우리들은 큰언니에게 무언가를 요구하면서, 동시에 직무유기를 비난하는 얼굴로 살아왔다. 고생한다는 격려 한마디 없이, 왜 제 할 일을 하지 않느냐고 추궁하느라 바빴었다.

분명 우린 같은 시간을 지나왔는데, 완전히 다른 기억을 안고 살아간다. 그래도 다행인 건 나도 큰언니가 지나온 시간을 경험했다는 것이다. 20대 초반의 대학생이 어느 날 갑자기 동생 셋을 책임지게 된 상황은 그리 흔하지도, 가볍지도 않다는 것을 나는 그 나이가 되어서야 깨달았다. 그리고 그제야 큰언니에게 격렬하게 반항했던 것이 미안해졌다.

기억은 지극히 주관적이다. 하지만 그렇다고 영원히 주관적이지만은 않다. 때에 따라서 시간이 우리에게 큰 깨달음을 선물해주기도 한다. 그 선물들을 가슴에 품고, 누군가를 이해하게 된다면, 우리는 분명 이전과는 다른 사람이 될 것이다.

"꼭꼭 숨어라! 머리카락 보인다!"

키득키득 웃음소리를 누른 아이가 까치발을 톡톡톡 옮겼다. 까만 눈알을 또로록 굴리며 숨죽이고 있을 아이를 상상하니 절로 웃음이 났다. 나는 일부러 쿵쿵, 요란한 발소리를 냈다. 그런데 작은 방에도, 식탁 아래도 아이의 작은 머리통은 보이지 않았다. 집 안을 꼼꼼히 살피고 마지막으로 안방을 휙 둘러보던 참이었다.

안방에 숨을 데라곤 장롱밖에 없었다. 조심조심 장롱 쪽으로 다가가자 '킥킥' 웃음소리가 새어 나왔다. 아이를 놀라게 할 생각에 내 얼굴 가득 설렘이 차올랐다. 잽싸게 문을 열자, 아이는 마치 겨울잠 자는 아기곰처럼 편안한 자세로 엎드려 있었다. 갑자기 쏟아진 햇살 탓에 커다란 아이 눈이 내게로 날아왔다.

그런데 그 순간, 나는 난데없이 슬퍼졌다. 터질 듯 부풀어 오른 웃음은 어느새 자취를 감추었고, 따가운 목구멍과 시

큰한 콧등의 감촉을 밀어내고자 눈만 끔뻑여댔다. 그리고 행여나 아이에게 빨간 눈을 들킬까 급하게 돌아섰다.

"엄마! 내가 장롱에 들어가서 화났어?"

아이가 눈치를 보며 물었다.

"아니! 그냥… 갑자기 슬퍼져서…"

아이는 고사리 같은 손으로 내 등을 쓸었고, 그럴수록 따가운 목구멍의 열기는 더해갔다.

어릴 적, 따로 살게 된 엄마가 보고 싶을 때마다 나는 장롱에 들어가 엎드려 있었다. 켜켜이 쌓인 이불이 엄마 품처럼 포근해서였다. 그리고 그 안에서 늘 상상했다. '여긴 마법의 2층 침대다. 나는 1층에 살고 있고, 엄마는 2층에 산다. 엄마가 너무 바쁜 탓에 우린 그저 장롱 벽을 통통 치는 대화를 한다. 그리고 각자 포근한 이불 위에 엎드려 있으면 신기하게 텔레파시가 통한다. 그럼 진짜 안고 있는 것처럼 서로의 말랑한 살도 느낄 수 있다.' 물론 내가 장롱 벽을 통통 쳐도, 엄마는 대답이 없었다. 그래도 너무 멀리 있어서 볼 수 없다고 생각하는 것보다 가까이 있지만 바빠서 대답이 없다고 생각하는 편이 훨씬 좋았다. 밤에 언니들, 오빠가 다 잠들고 나면 나는 혼자 어둠 속에서 일렁이는 빛을 구경하다가 장롱 속으로 기어들어 가곤 했다. 통통. 마법의 2층 침대에서 돌아오지 않는 신호를 기다리는 일은 지루했다. 하지만 당시의 내게 그보다 큰 위로를 주는 일은 없었다.

그렇게 상상을 즐기던 어느 날, 관심과 애정이 없는 척박한 땅에서 뿌리마저 바짝 말라버리면 그 생명은 죽은 거나 마찬가지일 거라고 생각했다. 뿌리를 마르지 않게 하려면 어떻게 해야 할까 고민하다, 아주 작은 일을 시작해보기로 했다.

다음 날 학교에 입고갈 옷을 미리 준비해 머리맡에 두기. 그러자면 부지런히 세탁기를 돌리고, 빨래를 널어야 했다. 세탁물이 충분치 않으면 손빨래를 해서라도 다음 날 입을 옷을 꼭꼭 준비해두었다. 그리고 아침마다 깨끗이 세수하고, 머리도 단정히 묶었다. 그 소소한 일들은 결국 의식적으로 나를 돌보는 일이 되었고, 불안에 매몰될 뻔한 나를 일으켜 세웠다. 물론 현실은 여전히 삐거덕거리고, 누추했지만 나는 작은 손을 내밀어 나를 구원했다. 아마도 본능적으로 깨달았던 것 같다. 내가 나를 구원하지 않으면 아무도 나를 도와주지 않을 거라는 걸.

심리학자 나다니엘 브랜든은 불운한 유년기를 견딘 아이들의 특별한 생존전략에 관해 이렇게 말했다.

"그런 아이들은 어쩐지 자신이 있는 이 세상이 전부가 아니라는 것을 안다. 그들은 어딘가에 더 나은 대안이 있다고, 언젠가 그곳에 가는 길을 찾아낼 것이라고 굳게 믿는다. 이런 생각이 현재의 고통을 벗어나게 해주지는 않지만, 아이들이 무너지지 않도록 해준다."

절망 속에서도 우리가 할 수 있는 일은 있기 마련이다. 아우슈비츠 수용소에서 빅터 프랭클이 마실 물 한잔을 아껴 세수와 면도를 했던 것처럼, 작지만 의미 있는 노력은 누구나 할 수 있다. 나는 불안을 잠재우기 위해 장롱 안에서 마법의 2층 침대 상상을 했고, 다음 날 입을 옷을 준비했다. 그 옷을 입고 등교하는 건, 스스로 어깨를 토닥이는 일과 같았다. 포기하지 말라고 스스로 말을 걸다 보면, 어느새 포기하지 않는 내가 된다는 것도 그때 깨달았다.

물론 그런 유년기를 거치며 마음에 새겨진 깊은 상처와 아픔들은 훈장처럼 남아있다. 세월이 흐르면 빛은 바래겠지만 흔적까지 말끔히 지울 순 없는 상처들. 하지만 고통이 없으면 교훈도 없다는 말을 떠올리면 그리 손해 보는 장사는 아니지 않을까?

'그 상황에서 내가 뭘 할 수 있겠어요!'

고통 속에 있는 사람들이 흔히 하는 말이다. 그런 사람들과 대면했을 때, 나는 꼭 이렇게 말한다.

"그 상황에서 당신이 할 수 있는 '보잘것없는 일'을 해보세요. 그럼 상황이 바뀌냐고요? 아뇨! 그래도 최소한 당신 자신을 포기하지 않게는 해 줄 거예요."

힘든 순간마다 우리에게 필요한 건 대단한 의지나 노력이 아닐지도 모른다. 그저 '열심히 상상하고, 나를 위한 보잘것없는 일을 지속하는 것!' 그 두 개면 충분하지 않을까?

오늘도, 별일은 없어요

펴낸날	초판1쇄 인쇄 2020년 01월 14일
	초판1쇄 발행 2020년 01월 22일
지은이	신은영
펴낸이	최병윤
펴낸곳	알비
출판등록	2013년 7월 24일 제315-2013-000042호
주소	서울시 서대문구 증가로30길 29-2, 1층
전화	02-334-4045
팩스	02-334-4046
종이	일문지업
인쇄	수이북스

ⓒ신은영
ISBN   979-11-86173-74-9 03810
가격   14,000원

「이 도서의 국립중앙도서관 출판예정도서목록(CIP)은 서지정보유통지원시스템 홈페이지(http://seoji.nl.go.kr)와 국가자료공동목록시스템(http://www.nl.go.kr/kolisnet)에서 이용하실 수 있습니다.(CIP제어번호: CIP2020000859)」

· 잘못 만들어진 책은 구입하신 서점에서 바꾸어 드립니다.
· 알비는 리얼북스의 문학, 에세이, 대중예술 브랜드입니다.
· 독자 여러분의 소중한 원고를 기다립니다(rbbooks@naver.com).